U0927645

将梦想装进行囊
Travel With
Packed Dreams

禹莎 著

中国经济出版社
CHINA ECONOMIC PUBLISHING HOUSE

北 京

在人生的地图上
常踟蹰于陌生的巷口
向左向右　何去何从
在我恍惚的霎那
时光在斑驳中流走
所幸心底的那束不死之光
指引着我前行的方向
趁着梦想还没有暗淡
背起行囊

自序

Author's Preface

凡事总有缘起，譬如出这本书。

一年前，出书的事做梦都不敢想。有一天，在飞柬埔寨的班机上，同座见我作握笔沉思状，便搭讪：“写书啊？出书了送我一本吧！”

看他一本不正经的表情，想是揶揄我。写书，那得是大智慧、好文采的人啊，我一平庸之辈岂敢作非分之想。

但这事儿还是让我不无动心。已近不惑之年，是不是该给自己的前半生一个小结和纪念啊？手中这本七年的随行日记如果哪天遗失了，那些艰辛而又美好的记忆也将飘散在一路的风尘里。成了书，就能非常体面地保存下来，还能告诉这个世界我也曾为梦想来过。

于是，从日记中甄选出十二篇，辑录成书。

七年前，常常会抛开一切羁绊，背包上路，在自游自在的旅程中，享受内心世界的大自由、大自在。有一天，朋友问，你每次旅行回来都写游记吗？

这才想起，曾经一路的风景和感怀，一直被懒散地落在记忆的角落里，随着岁月的层叠，已浮上忘却的灰，渐次模糊了。

为什么不写呢？等我老得哪儿也不能去的时候，坐在晚霞辉映的藤椅里，轻轻地，一页一页地翻开往日的风景，沿着那条曾经熟悉的轨迹，在字里行间再次旅行，内心一定会涌动着温暖吧。

于是，开始在颠簸的车内，在异乡的床榻，把旅程中意外邂逅的惊喜和灵光乍现的感悟倾泻于笔端。记录，只为他年记起。

八年前，考完托福，正沉浸在没申请到美国全额奖学金的沮丧里，生活没了方向。有一天，帮朋友充当临时翻译，老外问，你英文这么好，是专职导游吧？

一语惊心！原来上帝真会在关上一扇门的同时，在别处打开一扇窗。没有片刻犹豫，仅用考托福的一指之力，将全国导游证捡入囊中。

闲暇之余，我做起了兼职导游，结识了来自世界各地的老外。在和他们的交流中，我常常会从一个主讲者变成一个倾听者。他们经历丰富的传奇人生、他们行囊里的奇闻异事、他们对生活的挚爱和勇闯世界的胆略，让我深受蛊惑。

潜移默化里，我的内心也萌发了一个出去看世界的梦想。

十年前，我是一等良民。朝九晚五，循规蹈矩，每天像行星一样奔波在固定的轨道上，周而复始。有一天，单位要选派一人到省城进修英语，领导说，你去吧。

有生以来第一次，被天上掉落的馅饼幸福地砸中。

走进大学校园，我认识了一群志坚行苦、抱负远大的同学，一帮朝气蓬勃、自由率性的留学生，三位开朗豁达、幽默风趣的外教，他们每天都在用信仰和行动感染着我：拥有梦想，更要拥有把梦想变为现实的勇气。

学成回家，再也无法回归到从前的轨道。那种安稳得一眼能看到尽头的人生让人感到索然，那种波澜不惊、慢慢老去的生活让我心悸。我毅然拒绝了升职的机会，因为我要去拥抱我想要的世界，以及那个世界最丰富的可能。

回望十年，几个擦身而过的人不经意的几句话，改变了我的人生。

也，成就了这本书。

原来，命运的安排都有它的深意，这就是人们常说的命理和缘分吧。而这本书的出版，是否又会给我平乏的生活带来别样的惊喜？

这，要让时间来回答。

梦想，其实人人都有。但我们往往没有勇气推开通往梦境的那扇门，我们总是在门前徘徊踌躇，消磨了信心和力量。

梦想，其实并不遥远。只要勇敢地迈出那一小步，我们的世界将大不同。

此刻，天气乍暖还寒，干枯的柳枝在窗外絮絮叨叨。还是搁笔，等待春天吧，在心里。

二〇一二年三月

目录
Contents

走近香格里拉

Approaching Shangri-La

有一个美丽的地方，人们都把它向往，
那里四季常青，那里鸟语花香，
它的名字叫香巴拉，传说是神仙居住的地方……

生命是用来流浪的。一成不变的日子，不会有令人感动的风物扑面而来。

每当心底的激情找不到燃点的时候，我会选择背上行囊去流浪。但有个地方却一直不敢轻易涉足，因为那是个遥远而神秘、美丽而虚幻的所在——香格里拉。暑假，问儿子想去哪儿。儿子说："我要去云南，我要去香格里拉。"儿子的话如同圣旨，哪有商量的余地。也好，全家出行，去了却这个内心深处难解的情结。

玉龙雪山
见证真爱的地方
（2005年7月3日）

早上醒来，一时不知身在何处。推开窗，风带来了玉龙雪山的清凉，这才惊醒：已在云南的丽江。不记得是哪位名人说："如果你想爱上一个人，跟他去丽江；如果你想让一个人爱上你，带他去丽江。"

吃完早餐，带上我的最爱——宝贝儿子，去看离赤道最近的雪山，近距离感受那里冰与火的对峙。乘的士，经甘海子、白水河，抵达云杉坪索道站。这里针林环绕，萋草丰美。高耸的玉龙雪山娉婷玉立，像从天上垂下来的一幅风景画。

没有玉龙雪山这道仰望的风景，丽江会少了许多有关痴情和梦想的故事吧！

《纳西人的最后殉情》里说，云杉坪是纳西人的殉情之地。一些相爱却不能相守的情人选择来到这里，面对他们视为爱情和生命归宿的神山，双双了断与尘世的恩怨，共赴爱的天堂。

在他们看来，殉情是痛苦的结束，更是幸福的开始，是另外一种结合。

这看似神秘的纳西宗教，至少证明了世间还有至死不渝的爱情。在小三、小蜜被追奉为都市时尚的今天，也算是对纯美真爱的一丝慰藉和怀想。

索道把我们送上离地面四千公尺的地方，一个清冽纯净的冰雪世界。交错的冰川、皑皑的白雪，恬静而明朗。穿着单衣，和儿子打雪仗，滑雪坡，忘了冷，也忘了自己的年纪。想是受儿子的感染吧。他在冰天雪地间玩得那么开心雀跃，即使被雪球砸花了脸，在雪坡上跌翻了跟头，仍旧张着大嘴，笑得松雪簌簌，天地动容。

看他那么快乐，我心里还能有什么不满足?

意犹未尽的儿子又爬上了海拔4506米的至高点。他小小而坚强的身躯伫立在雪域之巅，伫立在我的心间，至高无上。

有些人什么都不用去做，只是简单地存在，就能拯救另一个人。就好比眼前这个稚气灿烂的小家伙，总能在我觉得世界灰暗、未来迷茫的怯弱时刻，鼓舞我，让我看到自己还有价值和希望。我想我这辈子就这样了，无论有多么自由的灵魂、倔强的个性，内心也永远风筝似的被这个小家伙拽着，只需轻轻一扯，再高远的梦想都会心甘情愿地回到地面上。

这是一个母亲的宿命！他不懂。

只有眼前这座亘古千年的雪山，能通透明了这世间一切深沉的爱。

即使，它一言不发。

束河古镇

给时间的一个意外

（2005年7月4日）

在束河，时光机车仿佛已驶抵它的目的地，静静地停歇下来。

几个满头银丝、穿着蓝布土褂的老太太坐在镇口的日头下打盹儿。窄窄的巷子也沉睡在绵久幽寂的岁月里，只有檐下风铃的偶尔清鸣，守护着她们的梦境。

想起有关束河的一个小故事。一位路透社的记者，看到这里所有的人都那么悠闲自得，万事不挂心，不能理解。有一天，他问一个晒太阳的老太太："你们整天这样无所事事，不觉得浪费时间吗？"老太太反问："你忙忙碌碌活八十，我晒晒太阳也活八十，你为什么那么着急去赶死呢？"

嘿嘿！束河就像这些面容沧桑的老太太，静谧，安详，通达人生哲理。

这里僻静得几近冷清。家家户户门前都有质朴古拙的石桥木桥，清亮的流水闪着灵动睿智的波光。一排排门扉紧闭的木房子浸融在一米阳光里。房子很古朴，门框窗棂间有浅浅的雕花。虽然旅游开发多年，商家却不多，偶尔看到几位白胡子老人抽着旱烟，守着几米见方的小摊。上面是胡乱摆着的马鞍、马灯、皮口袋、酥油桶，还有各色铃铛，轻轻晃荡一下，“叮叮当当”的铃声一下子就把人带回到昔日的茶马古道……

心里总有个模糊的愿望：找一个古镇，休憩一段时间，追忆一事无成却充满激情的过去，安慰都市纷繁带给我的旧创新伤。每天只是发呆，晒太阳……让时间为我疗治身的、心的伤。

束河，应该是这个愿望之地吧！

丽江
让爱意缓缓流淌

（2005年7月5日）

如果说束河古镇是一帧残缺的白描古卷，那么丽江就是一幅工笔重彩，色彩明亮，妩媚多姿。青石板铺就的凹凸小径，飞梁木柱的古朴民屋，蛛网密布的商铺酒吧，灯笼飘飘，杨柳依依，似有万般风情。它像一位双面丽人，一早一晚呈现着不同的妆容：淡妆是神秘古朴的纳西文化，彩妆是浓烈现代的小资格调。

据说很多人来这里，本只是贪慕她藏在深闺人未识的姿容，结果过客变成了常住民，常住民变成了原住民，一呆一月、一年、一辈子，再也没离开。

城市的快节奏生活，使亲情疏离、爱情麻木，如同快餐一样乏味。所以选择这个时候，当爱累了、伤了的时候，来到丽江，和家人在古城里随意溜达，寻找曾经错失的需要细心呵护、亲密爱抚的时光。

其实，简简单单过好每一天，就是幸福的。像在丽江生活的人们，一杯热牛奶或卡布奇诺，可以打发半天的时光；一片晴朗的天空，也可以用眼睛消磨半日的光阴。走在人群中，不用那么心明眼亮；和人打交道，也犯不着敏感和紧张。这里，越简单越放松越信任越好。不知不觉中，便对自己诚实了，对生活顺应了。那包裹着内心的硬壳碎了，心舒展开来，内心的伤也悄悄地愈合了。

在迷宫般的古城里逛着逛着，就没了方向，也忘了归路。恍惚的瞬间，想是不是把自己弄丢了。好在儿子的手还握在我手里，他没丢，整个世界就还是我的!

逛累了，随便走进一家咖啡屋，在铺着传统蜡染桌布的藤桌边点一杯咖啡，就着远处的玉龙雪山品味人生的惬意。看窗外人来人往，享受着无所事事、无所思无所想的闲情逸致。

生活或者旅游，在这里，都像在时光中的漫步，在柔软的清风里，以一颗透明的心，自然地来，悄然地去……

晚上去看了一场由闻名遐迩的宣科老人主持的“大研纳西古乐会”，听他用自己的生平感悟讲述纳西古乐和乐知天命的哲学。十几位古稀的老人，十几样罕见的乐器，演奏着“此曲只应天上有，人间能得几回闻”的天籁之音。

泸沽湖

女儿国的诱惑

（2005年7月6-7日）

清晨，同行的几位男同胞兴冲冲地敲开我的房门，说今天要去一个非看不可的地方。那是一块原始的母系氏族领地，男不娶女不嫁，崇母尊女，至今保持着原始奇特的走婚习俗。我恍惚想起曾有个男人也兴致盎然地对我提及过，看来那里是天下所有男人的伊甸园——泸沽湖。

五个小时的峰回路转后，眼前豁然出现了一泓清澈碧透的湖水，它被青山环峙绿树怀抱，如同一块美玉镶嵌在无边的群山之中。湖中三两小岛，郁郁葱葱，如同洒落湖面的翡翠。倒影在湖水中的蓝天白云竟然比天空中真实的蓝天白云更加清晰明净，也许是洁净清亮的湖水洗净了空气中的尘埃，才使水中的天空比真实的天空更加静谧湛蓝吧。难怪台湾的一位画家说："泸沽湖不能画出来，因为水太蓝了，画出来像是假的。"的确，它让我们一时间陶醉于近乎虚幻的怡悦中，置身于如幻的梦境里。

坐着猪槽船漫游在泸沽湖的碧波之上，伸出手触摸它的心跳。清凉的圣水从指间拂过，丝般光滑，仿佛要把整个人融掉。

划船的是一个英俊的摩梭小伙，他的话匣很难打开，但终究还是被我们的好奇心撬开了。他经历过十个阿夏，但不是和每个阿夏都“那个”了，更多情况下，只是在阿夏的花楼里看看月亮聊聊天。曾经有个阿夏住在泸沽湖的四川界内（泸沽湖位于滇、川交界），为了和她聊天，得从中午启程，划船到深夜，凌晨趁她家人睡熟了，再摸进花楼，五点鸡叫前溜出来。至于说在篝火晚会上抠一下姑娘的手心，晚上就可以去爬她家的花楼，却是很少见的。而一旦有了孩子，村里会有一个认子仪式，这以后就不能再和别的阿夏约会了，否则会受到村里人的鄙视和孤立。听完正版的“走婚”，同行的男同胞们脸上写满了“喔，原来如此”的落寞。

靠船登岸时，眼前突然出现的景象让我们惊呆了：一道彩虹从远处的山边一直飞架到湖上的里务比岛，那彩虹像是要尽情展示自己无与伦比的美丽，不停地丰富着、变幻着。紧接着，又一道更加绚丽夺目的彩虹从山根处腾空而起，划向天空。平生头一次看到两座七彩桥横架天空，让我开始以为是童话般的处女湖让我产生的幻觉，直到看见很多游客都惊呼着“彩虹”冲向湖边，我才意识到我确实在一个真实世界里邂逅了它美丽的瞬间。

我们住在一家临湖的摩梭客栈。这是一个典型的母系氏族家庭。我们先去拜见了老祖母，然后和舅舅在火塘边品了一小会儿酥油茶。家庭成员中最漂亮的女儿叫卓玛，司机说很多男孩喜欢她，其实我倒觉得他对卓玛有点儿“意思”。

晚餐后我们去摩梭男女夜夜笙歌聚会的地方，看上百个衣着鲜亮的阿注阿夏们围着熊熊燃烧的篝火欢快而粗犷地舞蹈。他们和着领头人清脆的笛曲，不时地变换舞步，这让后来参与进去的汉人眼花缭乱，不知所从。我没有加入进去，更没有去抠哪个帅阿注的手心，牵着儿子的手不敢再有别的奢求！

晚上躺在摩梭人的木楼，盖着用泸沽湖水漂洗过的、散发着太阳馨香的棉被，猜想着今晚谁会去跳卓玛的花窗……

第二天早早起床去给泸沽湖请早。清晨的泸沽湖朦胧在白羽般的薄雾中，宛若一个纯情贞洁的少女，楚楚动人。在湖畔我意外地看到了随行司机，他正对着湖水发呆，看来我昨晚的猜想同样也让他神伤。

香巴拉

神仙居住的地方

（2005年7月8–9日）

蒙眬中，耳畔有音乐在响："有一个美丽的地方，人们都把它向往，那里四季常青，那里鸟语花香，它的名字叫香巴拉，传说是神仙居住的地方。"睁开双眼，想到今天将要走进梦中的香巴拉，心中无限神往……

我们包租了一辆"东风风行"，去往人间最殊胜的地方——奶子河畔的香格里拉（又称香巴拉）。从1933年，英国著名小说家詹姆斯·希尔顿的小说《失去的地平线》面世后，这里就成为全世界人们渴望寻觅的世外桃源。

沿214国道在山岭间盘旋，天空水洗般明净澄澈。大大小小的云朵像绵羊，也像精灵，跟随着我们在峡谷里穿梭追逐，忽隐忽现，挑逗着我们的好奇心。

大自然对这个地方真的很眷顾，毫不掩饰自己的偏爱，描摹出无数人间杰作，让我们仿佛是行进在一幅无限伸展的画卷里：

虎跳峡。两边的山崖犹如两道笨重厚实的大门。狂怒的浪头震耳欲聋地咆哮着，一头把它撞开，奔腾而去。我钻过铁丝网，登上险峻的岩石，近距离地聆

它 像一粒玛瑙
悬挂在
香格里拉的脖颈
你 像一枚翡翠
镶嵌在
我柔软的心里

听，领略它千军万马般的横冲直撞和势不可当。

拉什海。在苍穹下，一碧千里。像一幅不用墨线勾勒的中国画，到处翠色欲流，直到轻轻流入云际。这种境界，既愿久立默然四望，又想坐下浅唱低吟，当然最惬意的莫过于牵一匹马驹，在草原上信马由缰。

松赞林寺。随处可看到脸上写满沧桑、手摇转经筒的老妇人，还有满眼好奇、黄头发蓝眼睛的背包客。披着栗色袈裟的年长僧人在朗诵经文，空气中透着庄严神圣。我满怀虔诚地恭立在佛殿里，凝神定气不敢发出一丝声响。

金沙江大拐弯。在冲出川滇要塞前，似乎想舒缓一下长途奔波的疲劳，抑或是对一路金戈铁马的怀想，在此放慢了脚步，形成了一个马蹄形的大拐弯，述说着它的念念不舍……

一路上，我们仿佛在浑厚苍凉的历史和仙境中穿梭游走，在迷幻和现实中悠荡冥想。我依稀明白了这条路为什么承载着人们弥久不衰的向往：在投身物质的欲壑时，人其实更渴望精神的乐土。而在这里，世界还真的留下那么一个角落，是内心一直期望着的纯朴和清新，一种久违的柔软的幸福感像纤云一样悄然浮现，让人心生明朗。

晚上花336元大快朵颐最纯正地道的香格里拉烤全羊。在醉人的夜空下，五个人围坐篝火旁，转着烧烤架，品着啤酒，心被一种很原始的幸福感悄悄沁透，一时间忘了今夕何夕，只以为是在人间天堂。

继续前行去拜见藏区八大神山之首的梅里雪山。常跑此线路的司机说，它终年云雾笼罩，难得一见。可我相信只要怀着一颗虔诚向佛的心，神山是会开颜的。

越往西走，空气愈稀薄，日照愈强烈。中午抵达奔子栏，就完全进入了藏区。我们在一个面容和善的阿妈家午餐。在她家三楼的露台上，看见许多驴友端着各自的“长枪短炮”对着天空狂扫。顺着他们的镜头望去，天空居然出现一个比太阳更大的奇异的金黄色圆环，它像一个光罩完全挡住太阳的光芒。阿妈说这是佛光，很少见的，一定是有贵人来了。一语惊心，莫非我是那贵人?

下午，一向健谈的司机沉默不语，看来他并不看好我们的运气。盘山路上，儿子好几次想撒尿，司机随意停靠在无人的山路旁，儿子却坚持找个茅厕。我想他不是害羞，而是因为知道神山是不可亵渎的。

当车转过海拔4268米的垭口，白茫雪山清晰地闯进我们的眼帘。它像一匹白色的骏马，俊逸挺拔，踏雪长啸。风不时地撩开云雾的面纱，那时隐时现的山头仿若是它澄澈无瑕的美眸，直视着我们，令我们不能呼吸、哑然失语。怔愣过后，全车人开始大呼小叫，就连几个不惑之年的大男人也像孩子般地手舞足蹈。

在这纤尘不染的雪山脚下，来自俗世的物是人非都飘散在空灵里。浮生一世里的利禄功名，都不值一提。在大自然面前，人真是显得很渺小，很渺小。

绝美的胜境，永远是对辛苦旅行者的最佳奖赏。下午四时，我们终于看到了梅里雪山。皑皑白雪柔和地覆盖在锯齿般的山巅岩石上，看起来是那么壮丽纯洁。主峰卡瓦博格峰无与伦比的美在蓝天白云的衬映下，更显出孤傲高洁的气质。站在圣山下静心呼吸，这里的空气像过滤后的纯净水，透着一丝清凉和甘甜，缓缓地渗透到全身每个毛孔，有如神赐。

据说这是座唯一没有被征服的雪山，6740米的海拔。所有的登山者或半途而废或再也没有回来，这更增添了它神秘的圣地形象。真希望它永远不要被征服，永远保留着自己的骄傲，永远对世界充满诱惑，让人们弥久向往。

圣山下随处可见的白塔经幡使这里弥漫了浓厚的宗教氛围，无法想象在这样神圣神奇的地方人们的“神仙”生活。

绕过飞来寺，看见山坳里有一座土房，三个小女孩在篱笆外玩耍。许是少有人来的缘故，她们看我们的眼神是羞涩的，但却如天空般的明净。这时，门从里面打开了，是一个个头高挑、身材丰腴的年轻藏族姑娘。看见陌生人，她原本绛红的脸颊又添加了些绯红。她礼貌地邀请我们进屋坐坐。一幢很大很黑的土坯房，唯一的家具是供奉神像和香炉的佛龛。我们很小心很小声地问她一些小问题，她总是面带微笑很害羞地一问一答。原来她的丈夫在中甸打工，自己和两个女儿看家。临走我担心地看了看她家没装锁的门，有点不敢想丈夫不在家的日子，这么漂亮的女子怎么不会被淫邪觊觎?

从藏民家出来，晚霞中的梅里雪山，白里透

着柔和的粉红，就像那位藏族女子害羞美丽的脸庞。山野中有袅袅的香烟缭绕着神塔，有拴在长绳上五颜六色的经幡被风吹得噼啪作响。四下里张望，少有人迹。这里的人们每天与自己作伴，与自然为伍，过着简单宁静的生活。这是一个与外面物欲横流的世界完全不同的另一个世界，这里的人们似乎参透了心无锁则门无锁的禅意，所以夜不闭户、路不拾遗，是想象中的大同世界，是现实里的佛国天堂。

第二天，依旧是天高云淡，阳光普照。连续两天，梅里雪山都清晰明丽地伫立在我们面前。它的美，似佛光圣景，如佛泽灌顶，使我们身体受洗般清莹透亮。

踏上归程，不像来时急迫匆忙。我们边走边停边看，重温来时的雪山、冰川、森林、峡谷、河流、湖泊，还有繁花似锦的草甸和天然的大牧场。有诗云："美开了一家当铺，专收人的心。"在这条寻觅香格里拉的路上仿佛开满了当铺，一家叫拉什海，一家叫虎跳峡，还有金沙江拐弯，还有……每个当铺都收人的心。即使你碰巧逃脱一个，你绝对逃不了第二个、第三个……即便你的身体已逃离了这个地方，你的心，也会永远留下。

偷得浮生半月闲

Hard-Won Recreation For Half A Month

走出钢筋水泥的丛林，把身心交付于流水，
任意东西。半个月里不期的际遇，
已成为我记忆宝匣内最美的珠宝。

平淡无奇的生活裹挟着郁闷与浮躁，燠热的暑气熏蒸得人喘不过气来，周期性出逃的念头又开始蠢蠢欲动。在这个流火的七月，决定给自己的心灵放个长假，寻一处空气沁凉，山水俱佳的所在，散一散心，看一看景，在人生灰色的夹缝中，偷得半月闲暇。

天上掉下一个姨妈

（2006年7月21–22日）

农历大暑，拖家带口去凯里，是想看看我不曾谋面的姨妈。

我妈一直是家中的长女。可去年的一封凯里来信，彻底瓦解了她老大的地位。

那封信是寻亲的。我外婆当时捧着信，老泪纵横，她没想到失散六十年的女儿找回来了。

时光倒流六十年。外婆隔壁家的王姓夫妇不能生育，求外婆过继一个孩子给他们。外婆就把三岁的姨妈和二岁的我妈领到王家，任他们挑。王婆挑了姨妈，说大的好养。王家领养姨妈后便人间蒸发了，两家约定老死不再相往来。

前年王爹去世，弥留之际，他叫王婆一定找到姨妈的亲生父母和同胞弟妹，不能让姨妈没有亲人地活在世上。

于是就有了前面的那封信。

姨妈找到外婆费了很多周折。因为外公的原因，家搬了无数次，南京—重庆—昆明—武汉。加之动乱年月，户口登记混乱，全国又没联网，凭着星点记忆找个人好比大海捞针。

没有什么能难住一个孩子寻找妈妈，哪怕这孩子如今已鬓染秋霜。

凯里阳光明媚，鸟语花香。深吸一口空气，恍惚有亲情的味道。远远地看见姨妈、表姐、表侄女在站台向我们挥手，真像戏里亲人重逢的桥段。都说人生如戏，可此刻的人生分明比戏里来得更虚幻。

几乎在牵手的那一瞬，亲人便连通了血脉。这就是亲情，融透在骨髓里，看不见，却相爱相连。

这世间，冥冥之中注定了许多事：骨肉分离、亲人重聚。一些人轻易改变了另一些人的命运。如果当初我妈和姨妈错换，许多人的故事都得重写了，我妈的、姨妈的、我爸的、姨夫的、我的、我儿子的……

不敢往下想。

一辈子就一眨眼

（2006年7月23日）

生平第一次来凯里，不期赶上了23日的黔东南州五十周年大庆和24日的国际芦笙节。看来老天也为我们高兴啊，用如此隆重的方式庆贺我们的团聚！黔东南州五十周年大庆是比传统节日更盛大的节日，所以非得凑凑热闹不可。

早上7:30，凯里的大街小巷已人潮如涌。据媒体消息，各少数民族将身着民族盛装在市区几条主要干道游行。这或许正是凯里市民倾巢而出的原因。可到了9:30，仍未看到游行队伍的影儿。一打听，方知游行队伍已改道直奔体育场了。再看看街头自发形成的百万汉人大游街，不禁哑然失笑！

体育馆的开幕式上，三十三个少数民族的姑娘小伙们身着重彩密绣的花衣，佩戴繁复精致的饰品，载歌载舞，争奇斗艳，场面空前。姨妈说，能在一天内看到了黔东南的所有少数民族，真难得啊！

这算什么呀？我想，我不是一眼就看完了您的六十年！

姨妈不幸，儿时被亲生父母送养；她后来也没有生育，做了两个孩子的继母。

姨妈幸甚，养父母待她如同己出，继女也像亲生的敬她。她没受到外公成分的牵连，不像她的弟妹们，熬过了噩梦般的“文革”十年。就连外婆，那么坚强的人，都被革命小将们逼得几次跳河自杀。

抬头，体育场的阳光很耀眼，一群鸽子吹着长长的哨声从头顶飞过。

芦笙舞、铜鼓舞、木鼓舞一支接一支，跳得缤纷绚烂。飞歌、情歌、大歌一曲赛一曲，唱得动情嘹亮。演员们笑颜怒放，个个都幸福得像花儿一样。

这些都是演给人看的喜剧，真实生活里处处是悲欢离合。

我问姨妈，那些穿得特累赘、特花哨的女孩都是苗族的吧？听说她们是史上最艰辛的民族，几千年来历经磨难、几经迁徙，最后躲在黔东南的深山里，被称为中国的犹太人。

姨妈牵牵嘴角说，看看她们现在，多漂亮，多开心！因为只有经历苦难后才会更加珍惜生命的美丽。

看西江知天下苗寨

（2006年7月24日）

可能是因为举办国际芦笙节的缘故，西江苗寨门口特别热闹。有长者谦恭热情地敬远道而来的客人三道酒，有身着大花衣的美女轻摆着柔曼的腰胯舞姿相迎，更有着青布短褂的男人抱着长短的芦笙吹鼓着他们的热情。许多穿着节日盛装、牙都没了的古稀老太也来凑热闹，笑意吟吟地夹道相迎，那满脸沟壑里的温暖慈祥，是洞察人生百态后的宽厚和释然。

走进村寨，苗乡浓郁的乡土气息扑面而来。四面群山环抱，列岫丛青，白水河穿寨而过，蜿蜒流淌，层层叠叠的吊脚楼，从河两岸依着山势，迤逦向上展开，连绵成片的板壁，在阳光照射下，红彤彤的，闪着沉静温暖的光芒。房前屋后，翠竹点缀。枫叶掩映间，不时可见苗女一闪而过的美艳裙裾。

沿着苗寨的千年石板路迂回前行，两旁是青黄的水稻、万顷的梯田，零零散散的苗屋错落其间。或许因为苗家都去赶节的缘故，田间楼前不见人影，放眼望去，画面干净素雅，静影沉璧。

循着西山攀爬，在依山而建的村寨内穿屋走巷，稍不留神就闯进了苗家。索性找个木凳坐下，歇歇脚，和主人拉拉家常。

待上到山顶，一回头，竟愣住了。对面的两座山，自下而上，满山遍野的黑瓦木屋，鳞次栉比，气势恢弘，像两只身披鳞片盔甲的巨兽匍匐山间，昂首远眺。偶尔有几点灯火闪烁，被袅绕炊烟遮掩得时隐时现。这就是声名远扬、苗寨的代表“千户苗寨”吧！虽然早就听说西江很大，一千多户，五千口人，可这么紧凑规整、连成宏大一片，将山体掩盖得密不透风的村落，实在罕见，令人震惊。

它的形成得要千百年吧？听说因为崇山峻岭、地偏人稀，许多逃难者避难于此。他们在这片荒山上垦田筑房，过着与世隔绝的日子。这些背负着屈辱历史的异乡人并没有忘记他们战败的耻辱，决心积蓄力量，有朝一日打回自己的家乡。没有文字的他们无法将家乡的方位书之典册，于是便绣在衣裙上，遂演变成后来的苗绣。时过境迁，没有人按照刺绣图回归故里。在颠沛流离中，家乡于他们只是一个遥远的寄托和念想，一切再无法回到从前。

不由得又想起姨妈。她在决定寻亲前，心情是复杂的吧？要坦然接受自己被生母送养的这一事实，是令她心寒的吧？如今亲人找到了，可生命的根须深扎入黔东的山水，早已根深蒂固，她还能拔离得开这片养育她的土壤吗？

天色渐暗。山下的中心广场，正上映着一场意想不到的“苗人秀”。来自五湖四海的游人，租着苗人的衣裙，在广场上转着圈地拍照，有“苗王装”、“苗后装”、“出嫁装”……装装繁复华丽。我也花十元租一套五彩的大花衣，腰系花飘带，佩戴着錾着龙凤的银花、银环、银镯、银帽，走两步，转一圈，裙褶窸窣，环佩叮当，听着就热闹。

一回头，却触到租给我衣服的苗妹冷峻的眼神。细细看她，有一股说不出的蛊惑的味道，霸气，妖娆，清新朗润，那是远离尘嚣的山野之美、边远之美。再看看广场上秀苗服的汉人，揽镜弄影，装娇扮酷，个个冒着自我陶醉的傻气。

当然，包括我自己。

“歪门邪道”的镇远

（2006年7月25－26日）

到了镇远，才意识到自己的孤陋寡闻。这个从未听说过的古镇，居然声名早于丽江和凤凰。

或许是疏于宣传的缘故吧，却因此给寻清净找闲适的人留下一处怦然心动的地方。

想当然地以为镇远只是另一处藏匿于黔东南深山里的苗寨。可当转过一个山口，镇远向我扑面而来时，却是栋宇鳞次的徽派老屋。飞檐翘角，黛瓦粉墙，以及无数悬在马头墙下的红灯笼，让我恍若来到了杏花春雨的江南。可即使在江南，也不曾见有如此宽阔、碧透的清流绕城。一条㵲阳河居然碧成这样，原住民在此世代休养生息，这真让人羡慕啊！㵲阳河轻勾漫勒，古镇的灵动和诗意就轻而易举地被渲染出来了。它瞬间媚惑了我的眼，俘虏了我的心。

临河的客栈直面㵲阳河，河堤上闲坐着三三两两的居民，灰黑的水鸟贴着绸缎般的水面优美地滑翔。渔民们轻荡双桨，唯恐惊扰了这方宁静。水边浣女的木杵，却终究耐不住寂寞，噼里啪啦，把㵲阳河敲得神采飞扬，荡漾开笑的涟漪。

客栈老板见我一脸陶然，诡谲地说，想看古城就去后面的老巷子，清一色的“歪门邪道”。乍一听，颇有吸引力。歪门邪道应该是专为不走寻常路的人另辟的一条蹊径吧，我焉能不去？

穿过熙熙攘攘的仿古街，拐入一条僻静小巷，时光匆忙的脚步立刻沉寂了，市井的喧噪顷刻间都被过滤了。逼仄的弄巷里不见人影，安静得能听见脚步轻叩石阶时清脆的回响。这里的老房子均年事已高，皲裂的门楣仿若它额头沧桑

的皱纹。门头赫然挂着文保单位的保护牌，让人肃然起敬。两侧的山墙也不过是用青石、青砖和青色的鹅卵石混砌而成，一切都像是工匠师们不经心的随意而为，可不经心中却流溢着灵性和俏皮。细看，所有的门扉居然都歪斜着面对巷子，并一不留神地成就了“歪门邪道”的经典注脚。看来凡事没有定式，太多的规矩和匠心只会衍生出乏味，就像不逾矩的人生也一定是苍白的人生。

在小巷里懵懂穿行了很久，正想要寻觅出路的时候，巷子口便在一个拐角处跳了出来，我一脚又跨回到红尘滚滚的闹市。

仿古街上林立的商铺，摆放着各种花里胡哨的小玩意儿。信手捡两条鲜艳的围巾、一串菩提子挂坠、几盒波波糖，给朋友或给自己。临走时看见铺子门口还卖黄木骰子，随手抓起一个，大大的六个面上印着：半杯、干一杯、干二杯、随意、点将、大家喝。忽然想起回家要请同事喝酒的承诺，这小东西可能会派上大用场，于是一扬小臂，一松指头，骰子便滚落进蕾丝袖口里。又抓起一个，六个面都有两小人儿：吻、抱、亲、打、捏、背。嘿嘿！这个可以送给正谈恋爱的小年轻。一扬手臂，又一个收入袖中。抬头看老板，正忙着招呼其他客人，根本没功夫答理我。算了，不麻烦他了。

不要瞪眼睛，这里自古讲究“歪门邪道”，我要入乡随俗。

仿古街的尽头便是青龙洞，岿然峭立在山崖上，远看仙山琼阁一般。它贴壁临空，翘翼飞檐，倒影在波光粼粼的舞阳河中。混进山门，登上曲廊回旋的亭台楼阁。先拜谒了道观，然后晋见了佛教寺庙和儒教祠堂。真是邪门，自古佛、道不相容，可在这里却做了邻居，而一向尊理重教的儒家也跟着掺和进来，真不愧为各门宗派同生共长、和谐共处的典范和楷模。

坐在半挑于空中的阁楼上，凝望脚下凝碧的水、静默的巷陌，感受临河而居的百姓生活，素净而质朴，安逸且幸福。

老迈的隆里

（2006年7月27日）

在客栈的一本闲书上翻出了这个名字，隆里古镇。看照片，古旧的民居沉睡在过去的时光里，静谧安然。鹅卵石铺就的花街路面仿佛浸泡了千百年的雨水，磨砺过万千足迹，被岁月蹭得光亮圆润。既然尚未开发，且只有百多公里，就去看看吧。

但半路上百转回肠的山路，让我肠子都悔青了。地图上的一公里，在山坳坳里要盘旋十里之遥。没有红绿灯和转弯镜，每一个急弯汽车都得鸣笛，叫得声嘶力竭。不巧的是，天也不知被谁捅破了，雨倾盆而下。在暴雨的鞭打下，车在坑洼泥泞的山崖边颠簸，一边穷山，一边恶水，命悬一线，心惊胆颤。

不知道当年王昌龄被贬谪时，是否也取道于此，是否也曾在这样的天色里万水千山，餐风宿露，来到这“天无三日晴，地无三里平”的黔东南，他的心中应是万分悲凉的吧？

此刻的雨，更添加了几分悲凉。

穿过清阳门，进入隆里古城。

灰暗的天空下，清一色的三间两居有风火墙的老屋一溜排开。屋顶翘角凌空，犹如马头。门前的台阶由青石凿就，门框上的匾额大多为砖雕烧制，纹饰精美，字体古拙，彰显着它曾经是名门望族。家家户户的天井旁都存放一口大水缸，流溢着明清的遗风。老屋里多是留守老人，穿着青蓝布衣，在昏暗的光线下做着针线活，面目祥和，沉静似水。我走进去东张西望，他们也不搭话，仿若身处在另一个时空里。

或许这里千百年来一直呈现着一样的面目，光阴变了，它仍停留在原处。

徉徜在清冷的古镇，奇怪纵横交错的街巷没有十字路口，全是丁字路。一位上了年岁的老人介绍说，曾显赫一时的屯军重镇隆里怕犯“失”（“十”与其谐音）之兵家大忌，故把大小街道修为丁字路，以求人丁兴旺、城池永固。

可如此偏于一隅的小镇，兴旺谈何容易。除了住家，阒无游人。一个人走在鹅卵石路上，感觉整个隆里都是自己的。

在龙标书院，居然看见了三个老外，各自撑着伞，徘徊、留步、观望，思考着谁也不知道的心思。

有个老外还琢磨着墙上李白劝勉王昌龄的诗：“我寄愁心与明月，随风直到夜郎西。”看他满脸惆怅，我都替他凄凉：这愁天，这冷雨，这风烛残年的古镇，这墙上看不懂的诗。

离开时，雨还在细细密密地下着，心情也有些湿漉漉的。

英雄的翘街

(2006年7月28日)

雨越下越大，去肇兴侗寨的土路被冲刷得泥泞不堪。不得已在黎平打住，却邂逅了德凤古镇。

我相信命理和缘分，或许这一趟，我和古镇有难解的情结。

德凤古镇也是徽派的老楼，风火墙、飞檐翘角、雕花门窗……对于大多蜻蜓点水看热闹的游客来说，印象应是雷同的吧。但内涵肯定相去甚远。寻常游人不考古不专研，哪会看那么透彻仔细?

何况已看了一路的古镇，审美疲劳了。

可一不小心，还是发现了这古镇的新意。

这是一条“翘”街。

街道两头高，中间低，形如一条翘起的“扁担”。街面青石板和卵石铺墁，街两头的老宅石梯相接。站在“扁担”中间，左右环顾，各家门楼上挑着的走马灯在风雨中飘摇，让人视线恍惚，好像“扁担”两头的房子也颤悠悠晃动起来。

街边酒肆糖铺的陈设还是上世纪初的模样。“九如堂”的招牌一个多世纪以来没更换过，店内的家什还保持着原样。一些天井散布在街头弄巷，家家户户仍在饮用井水，许是井水更加甘甜吧。井边多砌有搭着瓦檐的石龛，里面熏香缭绕，禅意悠悠，完全没被咫尺之外的市井所打扰。

这条街还是黎平会议的会址。红军长征时，毛泽东、周恩来、朱德曾在此会议，解决了当时最迫切的进军路线问题，在危急关头挽救了红军，挽救了党。那些简陋而庄严的老楼里，革命伟人的身影依稀还在，那些发黄的纸张中有他们改写历史的笔迹。

漫步翘街，当我抬头用目光去轻触这些历史，感恩和仰佩之情在我心里流淌。一定有什么落进了我的眼眶，为什么它那么酸涩?

雨还在下。它仿若是这趟黔东南古镇访幽的注脚，一路润泽着我思古怀旧的心绪。明天它还会随我去广西吗?

车内CD里，一个打手鼓的女孩唱着她甜美的忧伤。闭上眼，我又看到那些散落山野的古村落，美女般款款而来。西江苗寨是避世隐居、不问世事的江湖侠女，镇远古镇是深居简出、落落大方的千金小姐，隆里古镇是淳朴天然、与世无争的村姑，德凤古镇则是安静贤淑、内心淡然的小家碧玉。

她们施施含笑地与我道别，如梨花带雨。

宣纸上的约会

（2006年7月29日）

半梦半醒间，思绪飘忽在烟雨中的桂林。像唐宋的一位青衣书生，身着翠绿的长衫，系着淡黄的帛带，身姿俊逸，眉目清亮，手中执一卷经书，默然地读。

他是在等我吗？等我赴一个千百年的约会？

正猜着呢，就听见——细雨在轻叩我的窗棂。

开窗的霎那，清新的空气、细密的雨丝挽着桂林的山情水意闯将进来。整个屋子顿时变得清透了，而我的心情也一如我的呼吸，随即更畅快了。

撑着伞，着一条长裙漫步在雨中桂林。含绿吐翠的漓山，氤氲清灵的漓水，相依相偎，倒影成画。画中有竹筏和水鸟点缀，还有蓑衣老翁在江边垂纶。点睛之笔是那座象鼻山，临江吸水，憨态可掬。生动传神的模样，应该是传说中的神象投胎转世而来的吧。

我猜想，和神象一块降临凡间的应该还有一位画师，他手握着四季的画笔，不停地描摹出万千景象，供瑶池的仙子们消遣。

他以江面为宣纸，缓缓地铺陈开去。几笔拔地而起的山峦，几划精巧灵动的竹筏，几只临水照影的鸬鹚，一幅构思巧妙的水墨画便成了。

这画师一定最钟情于雨天，这样，他就可以再添上几笔他的最爱：一把油

纸伞、一袭绿罗裙、一个妙曼朦胧的背影……落笔间，画师的爱情便来了，而天上凡间的灵气也都汇集到了这里。

在这诗的意境里漫步，心会静止，魂会出窍，头几日因观览古镇而沉积的感伤也悄然而去了。这里是爱情一类的东西最易产生的地方，即使没有爱情，这缠缠绵绵的雨本身就是一场艳遇。

下午赴芦笛岩。华夏溶洞大大小小也看了不少，想当然其也不过尔尔。入得洞来方为主观臆断感到羞愧，继而震撼惊叹。洞室仿若天上仙境。初见石如柱如林如峰，如垂帐如引臂；次见水如雨如线如瀑，如天井如镜湖；再见灯如星如月如日，如丹青如霓虹；后觉已如痴如醉如傻，瞠目且结舌。

天下最美溶洞不过如此吧！

傍晚，登上叠彩山，极目远望，此刻的桂林披上了霞幔，匀上了晚妆。漓江穿城而过，逶迤而东，仿佛古代仕女的腰带，松松地系于腰间，微风拂过，婀娜飘逸。

她也是来赴约的吗？今晚谁来？

各有各的福缘

（2006年7月30日）

9时，磨盘溪码头上船。船家说，因为游船混上了一个没带团没买票的导游，所以得逐人清查，我假装冷静笃定，稳坐舱中，兀自玩着手机游戏，掩饰着内心的惶恐。还未清查到一半，游客们便开始不耐烦地嚷嚷，船家只好不了了之。在群众的“掩护”下，我终于逃过了一劫。

游船顺江而下。身处漓江，清风送爽，感觉无时无处不在画中。漓江的山，无山不秀，无山不奇，无山不俊；漓江的水，将两岸的山尽数纳入怀中，像宝贝似的抱着护着宠着。他们是天底下最默契、最完美、最相爱的一对吧！

流水淙淙，汽笛悠扬，和风清唱。

“桂林山水甲天下”真不是浪得虚名。游客量估计也是甲天下的，看看漓江上驶过的一艘艘满载的大型游船便可知。而游漓江不菲的船票（210元）带给桂林的财富更像是漓江之水，流金淌银，不舍昼夜，滚滚而来。

漓江边的兴坪渔村，传说是明朝万历年间，达官富贾们择贵地迁徙至此。建村后，高官富绅果然层出不穷。1998年，美国总统克林顿一家三口慕名而来，更是为这个小村添上了不平凡的光辉一页。

既然是块“风水宝地”，当然要去搭点财气，蹭些福气。

渡船上岸，没门没栏的村口，几个自称是当地居民的老人蹲守着，向所有进村子的游人索要人民币五元，无收据无发票，直言不讳说是买路钱。

到底是接见过美国总统、见过大世面的村民，胆识就是过人！

村子里多是黑瓦白墙硬山脊的房子，坡面顶，马头墙。荒草乱泥的宅院里，颓屋残墙，断垣碎瓦。庭台院落久未打理，雕花门窗破败不堪，粗木打造的高桌长凳不刨不漆，被岁月摩擦得又黑又亮。好些墙面上还留着上世纪七十年代的标语，标语下几个留守老人，无所事事，满脸落寞。

我茫然不解了，老克当年何以在抚摸了这些老屋后感慨：“中国人民的生活将越来越好，像鲜花一样的美好。”

日子过得不可以比这更差了吧？

八年过去，克林顿当初的身影依旧笑傲在巷口，这块“福地”没有给克林顿、希拉里的濒危婚姻带来转机，缘尽的俩人依旧过着同床异梦的生活。而克林顿的造访也没有给小村带来财气，破落的兴坪依旧破落着。

真正美丽的村庄不需要通过名人炒作，就像真正相爱的伴侣不需要借风水撮合。

爱在西街等我

（2006年7月31日）

西街想必是蜚声中外吧。

要不，在满街熙攘的人流中，怎么会有那么多金发碧眼的西方人。还有临街的洋酒吧、洋店铺，洋老板，让人恍然是游历在西方的某条无名小街上。

午后慵懒的阳光把这条老街照得懒洋洋的。许多酒吧虚掩着门，欲拒还迎的像在犹豫是营业还是午休。商铺老板漫不经心地坐在店门口，夹着烟发呆或双眼迷离地看街。游人漫无目标地瞎逛，偶尔看到心仪的商品，有心询价，看看无心搭理的老板，也就扬扬手，算了。这儿哪像做生意的地方！

脚步叩在青石板上，一步一步，像敲着钢琴的琴键，一声一声，铿锵，清脆。听着这旋律，心，片刻间就安宁下来。

街头没有行色匆匆赶路的人，所有人好像都游手好闲，心不在焉。思想没跟着步伐，人站在工艺店里，心还躺在客栈睡觉。我一直是个有点精神内容的人，脑子一刻也没停止过思想，可走在西街，它像停止了运转。

思想不属于这个地方。

慢慢溜达到夕阳西下。酒吧的灯次第亮起，像是睡足了一天的美女，慢慢睁开惺忪的睡眼，只这蒙眬魅惑的一眼，已是无尽的风情。

西街的一天，这才刚刚开始。

许多当地人趿着人字拖，吆喝二三知己，晃晃荡荡走上街，边走边和熟人打招呼，很有英雄出山的风范。闲适的游人在临街方桌旁品着爽啤和用啤酒烹饪的菜肴，四溢的香气在四通八达的小巷里游荡。索性寻香坐下，不用菜谱，指指旁桌的菜，伙计便微笑会意。

坐在街边，看来自五湖四海的男男女女汇集在一起，仿若是世界性Party，空气中充满了节日的喧嚣。在临窗凭栏处，东方美女和西方帅哥正谈笑风生。露天的酒吧，一撮一撮的哥们姐们摩拳擦掌，觥筹交错。沉睡的商铺终于醒过来了，生意也好起来了，熙攘吵闹的顾客进进出出，讨价还价，把老板颠得不亦乐乎。真开心啊！连客栈的红灯笼也把殷红的柔光打在青黑的石板路上，像玻璃杯中的红酒，泛着一波波迷人的笑意……

我的啤酒鸭、啤酒鱼、苦瓜酿适时地端上了桌。刚刚催开的味蕾，使我吃成了企鹅状。

恋恋不舍地放下筷子，拖着沉重的身躯挪出了酒吧。为了帮助消化，继续在西街慢慢溜达。

酒后逛街，醉眼蒙眬，感觉处处是酒吧，一家接一家。每家还都长得一样，醉醉的烛光、醉醉的音乐、醉醉的眼神，门口菜单上都有两个醉人的字：七夕。

恍然，今天是“七夕”——中国的情人节！在浪漫的日子走在浪漫的街上，是否有什么浪漫的故事马上要粉墨登场。

石板路上，情侣们手挽手在轻奏着爱的乐章；小店里，男孩给女孩精心挑选红绳绿珠的腕带；街中央，女孩拥着玫瑰花满脸幸福地贴在男孩身上；连街头阴影处都会挤着两个拥吻的剪影。情人的味道，妙不可言。

西街，这条溢满享乐气息的小街，谁都不会怠慢自己，谁都不会虚掷青春。

没有情人的人似乎玩得更High。在灯红酒绿中，金发碧眼的洋妞洋仔们一个贴一个站在宽厚牢固的吧台上，随着激越的音乐欢快地舞蹈，跳得没心没肺，无牵无挂。那份纵情张扬随意，让一旁拘谨内敛作壁上观的我更觉是身在洋街为异客了。

挤不上吧台的光棍们，兴奋地跃跃欲试，用筷子在桌上敲节奏。高潮处，很有劲地“啪”的一甩杯子。老板理都不理，继续在声色鼎沸中随着音乐摇头晃尾。

快乐当前，万物皆玩物，甩两个杯子算啥!

这样过日子真不错。要不以后我也来这开一扇小店，高兴时做做买卖，泡泡吧，甩甩杯子，累了闭户，出去溜达，玩累了再回来，继续开店，泡吧……出去溜达。

当然，要和心爱的人一块儿。

他在哪?

蓦然回首，灯火正阑珊。

泛舟遇龙河
（2006年8月1日）

早餐吃马肉米粉，不对胃口。心不在焉地和米粉摊旁的租车摊“砍价”，米粉没吃完，车价已“砍”妥：30元租电瓶车一天。书上说，逛阳朔骑自行车最好，可这么贼热的天蹬自行车，那不是自找苦吃？我是有信仰的人，“享乐主义”是我的毕生追求。

骑着红色电瓶车往遇龙河方向，路两边一晃而过的是繁茂的田野和崔巍的山峦。清风拂面，麦香馥郁，美景不时地跳出来悦目赏心。奇山秀水、翠竹婆娑，盖着小青瓦的黑白民居散落在山谷之间，那般朴实，恬静，自然，宛若一个放大的盆景。徜徉其间，一边陶然于美色，一边将吭哧蹬车的老外甩在身后，看他们健壮脊背上的滚身子汗，心里真是凉快！

1400岁的大榕树，冠盖如云。站在它老人家的繁枝茂叶下，怀想：它，应该出生在隋朝，晒过唐朝的太阳，赏过宋朝的月亮，仰望过元朝浩瀚无际的星云，经历过明清无尽的风雨飘摇。这树下，应该演绎过无数的悲欢离合、儿女情长。枝梢间，应该藏匿着无数的家长里短、波诡云谲。如今，那么多的大喜大悲过后，它面目祥和地站在金宝河畔，笑看世间风云。我虔诚地围着神树缓转三圈，希望它保佑我的生命足够长，长到足够我走遍世界上的所有地方。

月亮山很高，山顶石壁如屏，当中洞穿一孔，宛如明月高挂碧空。从不同角度望“月”，步移景换，“月亮”惟妙惟肖地由圆变缺，由缺转圆，宛若天生。难怪美国总统尼克松夫妇1972年登上月亮山时，赞叹“上帝给阳朔太多了”。这话让我在山下挣扎良久，终究还是没有勇气踏寻老尼当年上山的脚印，不是怕累，怕——热。

一路上有很多当地人，骑着自行车追问我要不要乘竹筏漂遇龙河。有一妇女居然追车跟我半个多小时，我说了二十次“不用了”，她还苍蝇似的跟着，不知道哪来的执着。本就火辣的天，心情炼得像锅里烧辣的油。

我天生的反骨注定了她这半个小时的太阳白晒了。当着她的面，我叫起了一个躺在河边吹小曲的船夫，花100元租用了他的竹筏。回头看那妇女骂骂咧咧、悻悻而去的背影，心中顿时如呼出了一口浊气般酣畅无比。

夕阳西下，余晖轻笼着遇龙河。竹筏漂浮在清透的水面，没有一丝声响，仿若在云朵上穿行。只有在叠水处，才能听见它欢快的笑声。躺在竹筏上，心轻如云。河畔是摇曳的竹影，远山秀峰对峙，罗带在山间飘拂。村姑在石阶上浣衣，牧童牵着牛儿涉水而过，鸭群在碧潭边嬉戏，还有垂钓的老翁和光腚的顽童，真像是在世外桃源里。

船夫说如果中秋节来此泛舟更美，可以躺在竹筏上赏月亮。咦！谁说船夫不浪漫。我回头认真端详了他，黝黑的脸上绽放着清亮的笑容，一根竹竿撑放自如，透满了洒脱和豪情。如果把讨生活变成一种诗意和享受，日子是不是过得要轻松惬意些？何况生在这样天赐的山水情景中，更该惜福和感恩。没能抵挡，也无须抵挡遇龙河的诱惑，我脱下短裙，跳入河中，投生成一尾小黄鱼，溶化在柔柔的波光里……

几近傍晚，意犹未尽地从河里爬起来，穿着湿漉漉的衣服骑电瓶车回家。一路凉风习习，烟霞无尽，迷醉不知归路。

如果没有牵挂，如果电瓶车的电量足够，真想沿着时光隧道一直开下去，直至地老天荒……

回家 是为了再次远行

（2006年8月2-3日）

山一程，水一程，终于又转回了家。

难怪地球是圆的，因为上帝想让那些走失的人能够再次相遇，迷路的人重新回家。

其实，害怕回家。

害怕呆在钢筋水泥的丛林和商业化的人际里。

我不过是一个卑微的升斗小民。没生在煌煌大户，没有日进斗金，每日靠点手艺糊口，每年靠点积蓄旅行。可就这一年一次的半月休假，却让我开心无比。

得之不易的东西，最珍惜。

像姨妈失而复得的亲情，像苗人世代迁徙后的家园，像德凤扁担般翘起的老街，像隆里邻居的隔窗笑语，像桂林山与水的相怜相惜，像镇远佛道儒家的相敬如宾……

这些行走中的际遇，都将成为我记忆宝匣中最美的珍珠，它们让我觉得自己的富有。

虽然我依旧是一个荷包瘪瘪的穷光蛋，终日为稻粱谋，可我一直在努力做我想做的事情，去我想去的地方，活得有操守也有追求。

家有万金，不是人人可有的运道。就像姨妈感慨她的人生：得之，我幸；不得，我命。

此刻，能安全回家，已是幸福。

因为回家，可以积蓄能量，准备下一次更远的旅行。

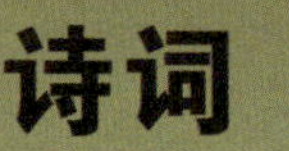

诗词江南 丹青杭州

Poetic And Picturesque Southeast China

曲水流觞，是它的万千柔肠；
人家枕河，是我的梦里水乡。
江南，是诗词中的童话；
杭州，是丹青里的绝唱！

顾城说：“人生的价值，就在于行走。”而我，一直在用这种方式，体现着我的人生价值。适逢《旅行者》杂志征文，主题是“江南忆，最忆是杭州”。这幼时读过的乐天词句，至今铭刻在脑海。四月的江南，应是草长莺落、惠风和畅的最美季节吧。于是，满怀浓得化不开的江南情结，打着“征文”的旗号，踏一路仆仆风尘，循入诗词江南，走进丹青杭州。

枕水乌镇

（2007年4月21日）

从宜昌到嘉兴，再辗转乌镇，一天的车程，时光倒流三百年。

这就是《似水年华》中的江南吧。巍峨的牌坊，高高的屋檐，黑黑的窗棂，幽幽的水巷，瘦瘦的乌篷船，烟起雾落，流年似水。那个浸透着水气的浪漫故事从记忆深处氤氲而起，缠绵而蕴含无尽的深情。这样的地方，天生就是为诞生唯美爱情而存在的吧！

拖着行李箱漫步于古镇，欣赏临河而筑、傍桥而市的古镇民居，顺带寻找可以提供住宿的人家，不承想古镇内禁止游客留宿。在吃了几次闭门羹，几欲放弃时，意外在河边捡到一个没人看护的小女孩。送她回家的路上，小女孩问是否愿意住在她家。我惊喜地打量眼前这个乖巧水灵的小女孩，终于深信：冥冥之中，有些机缘巧合真的就会出没在你意料之外的某个角落，求之不得，得之不求！

安顿好后，带着我的新数码相机去拜访了立志书院、访卢阁、修真观戏台、梁苑胜迹，走马观花地从这些景点出来，仍旧觉着还是街两旁的明清老宅、市河上的青石拱桥更显江南古镇的风韵。在这里，一不留神便会发现一处经年的残壁断垣，一口贴满青苔的水泉深井，灰褐的色调和古旧的身影让人不经意就沉溺其中……它们懒洋洋地展示着年岁，袒露着沧桑，在时光的罅隙里静逸如昨，美好如初。

时光似乎在这里找了间房子，长住下来。

沿着青石板路，漫步在悠长而寂寥的小巷。这里，随意的一扇门、一叶窗、一只锈迹斑斑的门环，似乎都在娓娓道来一段水样柔情的烟波旧梦。房内的老人，大概从宋元以来，就这么静静地坐着，抚弄着针线，把前朝今生的时光缝缀在一起。老桌、老柜、老床，一切老家什都睡着了，仿佛年事已高的老者，陷入追忆与怀想的包围。它们对游客目光的抚摸没有反映，自顾自地睡在过往的阴晴圆缺、白头到老的故事里。

《似水年华》中说：“有些事，你把它藏到心里，也许还更好。等时间长了，也就变成了故事。”

江南的雨淋湿了屋檐
淋湿了那些流年
及幽怨的诗篇

我把栏杆拍遍
叩问着词句里的昨天

这话正契合我的心境。我放轻脚步，放平呼吸，小心翼翼地把心事留藏在这里。

这里，便也留下了我的故事。

傍晚，暮色四合，游人渐渐散去，乌镇真正成了一方清静的净土。与几个年轻人合租一条乌篷船，在幽静的河道中穿行。几个年轻的女孩先是嘻嘻哈哈，却终于随着木船的飘摇默默无语，静静地看临窗汲水的顽童，石阶浣衣的妇人，河埠垂钓的老翁……好一番感慨“人家尽枕河”的水乡风情。

入夜，整个小镇安然入睡。只有廊坊上的灯笼，睁大红红的眼睛默默看守着水乡的清静。躺在小女孩家的水阁，听窗外潺潺的流水声，感觉是眠在乌篷船上，它轻轻地，轻轻地，无声地漂荡……一直把我载入梦乡。

灵隐

（2007年4月22日）

清晨，走上露台。古镇仍枕水而眠。偶然几声临河人家推开轩窗的吱呀声，倒像是它的梦呓。隐隐约约有雨从天空飘落，为古镇披上了一层曼妙的轻纱。那被雨浸润过的灰瓦亭榭，以及石栏上镂刻的枝叶花蔓，顷刻间靓丽生动起来。雨，不愧是自然的化妆师。怪不得茅盾的笔触那么细腻多情，全是烟雨江南的魔力吧。若不是俗事缠身，真想多呆几天，那一定会多沾染一些江南的灵秀。

在去往杭州的路上，我已开始在脑海里为征文打腹稿，想象着斜风细雨、西子湖畔垂柳初现眼前时的震撼与感动。车进杭州，却看不见它诗词的模样。滂沱的大雨瓢泼在车窗上，浇灭了我的期待，也浇湿了我的“腹稿”。沮丧之余，感觉是老天爷在惩罚我。旅行是要用一颗闲适平淡的心去欣赏，而不是为了某种刻意的功利和企图。

下了车便直奔灵隐寺，带着满心的愧疚去求佛的谅解。寺院里，八方的游人怀着不同的心愿、相同的虔诚，走进大雄宝殿。披着红色袈裟的方丈正在领诵经文。所有的香客以及类似我这样的临时信徒都屏息在殿堂内外。那富有韵律的诵经声、空灵的木鱼声，和着雨滴的天籁，恰似一面滤网，过滤掉尘世的一切烦虑俗念，世界顿显清亮平和。

法事过后，香客们开始忙碌起来，向各大神灵烧香磕头。我也不例外：五炷高香，五座殿堂，许下一个天长地久的愿。临走，还特意找到韦驮罗汉，行五体投地的佛教最高礼，求他施展降魔杵，让雨快些停下来。

西湖春色

（2007年4月23日）

早晨，推开窗，阳光扑面而来。雨真的停了！

雨洗后的杭州，更加清爽明丽。出宾馆不多步便是西湖。信步走上断桥，在白娘子和许仙一见钟情的地方，看柳丝飘舞，听莺声婉鸣。在佛赐的暖阳春日，些许的烦恼早已化作微尘，化作丝，随风远去了。

沿湖徐步，便是苏堤。全长三公里的苏堤，无论镜头落于何处，都是或浓墨或重彩的丹青。无论眼风歇于何地，都是或热烈或清雅的彩粉。无论双足立于何处，都有或馨香或幽清的草木味儿从木芙蓉、桂花树、柳树、红枫下汇集到鼻翼。苏小小、白居易、苏轼、秋瑾们也从记忆深处赶来，吟唱着“花开红树乱莺啼，草长平湖白鹭飞”、“欲把西湖比西子，淡妆浓抹总相宜”，直把西湖感动得起了波澜。

苏堤边有许多垂钓的老者，他们多和老伴结伴而来。站在他们身后，欣赏他们一举一动的随性和默契，有一种莫名的感动。想他们相携走过了几十年的风雨人生，如今仍形影相随，一起面朝西湖，春暖花开。沙砾已淘尽，感情更接近至纯的黄金。面对西湖，无论年轻年老，西湖都是一个对人可以说“永远”的天堂。

康熙帝手书的“花港观鱼”，这地方名字虽好听，鱼却无非是些头大腰

肥、色彩斑斓的鲤鱼。倒是湖边，一代才女林徽因的光影雕像让我惊叹，那依稀可辨的绰约身姿可是她眺望爱情的背影？

下午逛柳浪闻莺时，空肚皮咕咕抗议，遂买一只黑玉米棒边走边啃。一个人的自在，就是可以用潇洒的步调逛大街，用夸张的吃相享美味。不用管路旁陌生人的诧异眼神，不用为另一个人的口味两难选择，不用为他人的喜好改变计划，不用有任何的委曲求全。

吃饱了，西湖仿佛变得更广阔些了。找一长椅坐下，看着湖水，让思绪在湖水里荡漾，一直看着，看着，身心仿佛都融了进去，随之不断地扩大延伸，直至天际。此时不管孤芳自赏，抑或顾影自怜，都应该是一道风景吧。因为我发现有游客在用相机偷拍我，还听他们用东北口音说："看那杭州美女也算是西湖一景。"若真能为西湖添上一景，也算不枉此行。

看西湖久了，投入她怀抱的欲望便不可抑制。于是租了一条木船，在湖中随意游荡。傍晚时分，湖面上的船已寥寥；夕阳映照下的雷峰塔，在湖面投下长长的的影子，在波光潋滟间炫耀着自己的倩影。我拿出相机，不断地按动快门，记录下此时的湖光山色和不时掠过湖面的鸟儿，它也像我一般快乐吧，否则不会唱出那么动听的歌！

傍晚，找一个幽静处，要一只叫花鸡，点一块东坡肉，再来一瓶西湖爽啤，犒劳没有正常吃早餐、中餐的胃。端着酒杯，窗外的平湖春月在杯中微微荡漾，好一幅浓墨丹青夜西湖。此时此刻，酒不醉人，人已自醉……

古城掠影
（2007年4月24日）

大凡稍有些气质的女人，只要一沾上丝质的绸衣就会有些温婉婀娜的韵味吧。就像《花样年华》中的女主角，从片头到片尾被二十三件轻柔如云的旗袍密密实实地包裹着，暗蕴着性感和妩媚，随着柳腰款摆，莲步轻移，一点一点地撩拨着人心。

这种气质，就像初见的杭州城。

兴许是如诗如画的西湖山水、婉约秀丽的江南女子与丝绸有着天然的契合。丝绸自古就是杭城的外套，并用年华把这座城市渲染得如丝般的灵动柔美，时至今日仍旧衣香鬓影，细致动人。

我生就大咧咧的性格肯定与丝绸无关，但，也不排斥。

所以，千里迢迢地来了，杭州丝绸城必然是要去看看的。在车水马龙的大街上刚拐了一个弯儿，就仿佛走进了江南小镇。被柳丝掩映的是明代的粉墙黛瓦、古雅的酒肆民居，清风微拂，成排店铺前悬挂的绫罗绸缎就似向我招手一般。再有定力的我，也禁不起这般的诱惑啊，早一头撞了进去。这里是让人觉得特投缘特亲切的地方，价格超廉的丝绸更是让人爱不释手，很快几十条围巾被收入囊中；还买了件

一壶清茶
过滤掉清河坊的喧闹
一只瓷杯
盛满了唐诗宋词
轻轻地啜一口
唇齿留香

丝质的睡裙，没试就能想象出着衣时的小女人味。

戴上新围巾当然得找个地方秀一秀。于是打扮停当后，婉约娉婷地飘进清河坊，逛百年老字号商铺和市井民俗小摊，看民间老艺人表演及满街古玩字画，好不快活。照相机也终于派上了用场，一阵狂扫。可能是我太投入，照太极茶道的门楼时，一着青布马褂、戴瓜皮帽，清朗俊美的跑堂伙计，偷站在身后，拖长了尾音大喊一声：“喝茶，楼上——请——”吓得我魂飞魄散，他却得意地坏笑。清河坊有太多的百年老店，太多好看好玩好吃的，我相中了一件漂亮的镇宅桃符，挂在新房里驱灾辟邪吧。

晚上去看了张艺谋执导的山水实景剧《印象·西湖》。西湖边的看台上人头攒动，熙熙攘攘。突然，一小段低沉但穿透力很强的钢琴声乘着凉凉的夜风从湖面飘来，人群瞬间安静了下来。紧接着，一束追光把延伸至湖心的湖堤照亮，在那一抹暗影上，白衣素裙的许仙与白娘子正在爱情的漩涡里挣扎舞蹈……夜晚的西湖本就很美，再经过灯光的勾勒和渲染，剧情的伸张和丰满，以及张靓颖缠绵歌喉的煽动，一幅天上人间、时空倒旋的梦境就呈现在眼前，那真是美轮美奂的人间天堂啊！白娘子如果知道她的爱情到今天还能感动这么多人，她也会感到真的没有错爱一场。

绍兴祭祖

（2007年4月25日）

我的姓氏一直让我引以为傲，因为我是开国圣君——大禹的后裔。大禹是绍兴人。都到家门口了，岂有不回家祭拜的道理?

到了绍兴，才知道绍兴的名人太多太多。古代有大禹、勾践、王羲之、陆游，近现代有秋瑾、蔡元培、鲁迅、周恩来，举不胜举。据说绍兴的人口占全国的千分之三，而名人却占百分之三。足可见，这是一片人杰地灵的沃土。

乘88路大巴到鲁迅故里。从百草堂到三味书屋，从私塾先生寿镜吾到咸亨酒店孔乙己，我好好地温习了一次中学课本。

兰亭，是我羞于去的地方，因为字写得太烂，怕羲之老人骂我。在流觞亭购一张题有王羲之“兰亭集序”的明信片，寄给家中正学书法的儿子，希望他有朝一日能练出绝世书法。

最后搭上去大禹陵的车。很惊讶通往大禹陵的神道居然铺着近千米的红地毯，神道两边沿着灌木牵引着两条同样长的黄色绸缎，皇家的气派和庄重尽显眼前。进入景区看到“2007年公祭大禹陵典礼”的横幅，方

在这先祖的享堂
泉绕着无数代人的景仰
在懵懂的冥冥中
不期而遇您的温暖拥抱
人在旅途 我只祈求您佑护我
及我爱的人 安好

才知道四天前这里刚刚举办了新中国公祭大禹以来的首次“国祭”。据说守禹陵、奉禹祀的活动已历时千年，承传不绝。大禹陵“每年一小祭，五年一公祭，十年一大祭”。今年刚好逢“十”，为大祭之年。懵懵懂懂与老祖宗的大祭之年不期而遇，不知道是不是冥冥之中听到了先人的召唤。赶紧擎三炷高香，在大禹陵前长揖叩首，希望老祖宗在天之灵护佑禹氏家族世代平安！

晚上，躺在回家的列车上，梦遇绍兴五女：美女西施、情女祝英台、孝女曹娥、才女唐婉、苦女祥林嫂，同在大禹陵祭拜先祖。禹王瞅了瞅我说，你一纤纤弱女，却放浪不羁，愚顽成性。指望你有朝一日峨冠博带，光耀宗祖，似乎不大可能了。你痴迷于江湖，纵情于山水，倒也是快意人生。不似她们几个，虽有薄名，却活得辛苦。嗨！也罢，念你好歹也是禹氏嫡裔，封你个“侠女”的爵名吧。望你日后志行高卓，多见广识，无愧于“侠女”之名。

侠女禹莎。哈哈！

笑醒，已经到家。

越走越南

Sightseeing In
Guangxi And Vietnam

碧波细淘沙，适逢初夏。女王翩翩逐海花。
蝴蝶裙底戏椰风，漫步天涯。
木兰披铠甲，浪里飞马。下龙湾里蔚晚霞。
梦里不知身是客，他乡为家。

家里一直没有电视和网络。

偌大的电视机背景墙上只有两幅地图。我时常对它们出神凝望，幻想着千山万水地走进里面每一个奇妙的地方。

中国地图上已留下了我许多的足印，那些标志性的小红旗摇曳生姿，炫耀着我的过往。可世界地图却素净空落。在望墙兴叹之余，它时不时地挑逗一下我心中的渴望：来吧，我是会给你惊喜的——异国他乡。

以家乡为圆心，在世界地图上画圆，最小直径的国家是越南——一个纤细的S形小国，婀娜得犹如奥黛姑娘的身段。就从它开始吧，头一次出境，心虚的脚步不敢迈得太大。

德天
无国界瀑布

（2008年4月27日）

一直向南。乘火车到黎塘，换巴士到大新。如此千里迢迢地舟车劳顿，只为了去看亚洲第一的跨国瀑布——德天。

依依的归春河水可不管主权上的寸土必争，在崇山峻岭间很随意地勾画出中越边界。遥看横跨两国的德天瀑布，从高浦汤岛上飞泻而下，犹如几匹素绢挂于崖前，一波三折，一瀑三叠。在光影的勾勒下，层叠错落的瀑布更显清灵虚幻，光彩迤逦，像一幅画儿，既有水墨的清逸，又有油画的质感，让人一见倾心。

乘着竹筏至瀑布跟前，但见白练从天而降，水石相薄，跳珠溅玉。细密的水雾扑面，仿若置身仙境。同游仙境的还有许多越南游客。虽然归春河水在潭中没法泾渭分明地划出国界，但罩着蓝、绿两色遮阳凉棚的竹筏却清晰地区分出中、越游客。两色竹筏在潭中你推我攘，嬉水玩笑，宛若同伴。国家的概念在这里是模糊的，大自然的杰作原本就是无国界的，美好的东西就应该共享。

在中越53号界碑处，许多游客争抢着和那块不起眼的界碑合影。等待的间隙，我“一不留神”跨过了边界，一脚踩着中国领土，另一脚踏着越南泥巴。出国原来不过举足之间！守在边界处几个戴绿帽子的越南哨兵，脸上一副“我什么也没看见”的表情。索性，将尚留在国内的左脚也挪到越南来，还是没人管！干脆，就在越南的泥巴上大大方方地踱起方步来。边踱步，边享受异国的空气。味道嘛——不好言表。有点像中越几十年来的恩怨纠葛，若有若无，若即若离，不清不楚，不明不了。

什么时候这个世界没有国界，人心没有国界，天下亲如一家，多好啊！

北海 布下天罗地网

（2008年4月28日）

早晨，睁开眼，可以闻到海风的味道。

一想到碧海蓝天、椰风浪影，便无暇在床上流连。穿衣出门，宽阔的马路上行人不多，时不时会有三轮车夫迎上前，热情地问我要不要去看海。选择了一个略微面善的三轮车夫，随着他在北海老城里穿街走巷。迎面而来的是清凉的海风，空气中弥漫着安静的味道。闭上眼睛，能感觉疲惫已久的神经在轻轻地舒缓，而缠绕心头的烦扰琐碎此刻已细碎成一地斑斑的阳光。

思绪尚在虚无缥缈中沉醉，三轮车已经停下了，却是在一家卖珍珠的“黑店”门口。岂有此理，跟我玩儿这套，也不打听打听俺是做甚营生的？扔下车钱两元，拂袖而去。

漫无目的在马路上一阵乱走后，一头闯进了珠海路——一条古旧的百年老街。两侧是建于上上个世纪的柱廊式骑楼，一幢幢毗邻而砌，蔚然壮观。逼仄的弄巷、斑驳的白墙、古旧的门窗，还有随处可见的洋行、教堂、医院旧址，无不在诉说着它的过往。上午的阳光把南北向的街道照得半明半暗。阴凉处，不时有单车驶过，清脆的铃声更显老街的宁静。漫步老街，像走进了一个专门为我开放的骑楼博物馆，连住在楼内的古稀老人也仿佛成了这个“博物馆”的古董展品。他们用满脸的风霜述说着古老渔村的沧桑，用落寞的姿态回忆着昔日的辉煌。

有风穿过阴冷的弄堂，恰如参观者的一声叹息。

逛完珠海路，已到午餐时间。向路口一个待客的士打听特色酒馆，他说这一带街边的海鲜大排档便宜又美味。看他诚恳，于是上车由着他去了一家路边的海鲜排挡。坐在林荫道上，就着海风，喝着冰啤，享受着美味的皇帝螺、梭子蟹，回想旅途趣事，更觉人生的怡然。

结账时，看一眼“天价”的餐单，方才知道什么叫“宰你没商量”。悔之晚矣，的士司机早拿了好处费逃之夭夭了。

半天里被忽悠两回，不知是自己“运气”好，还是北海人的智商高。

后来才听说，北海的出租司机、三轮车夫和海鲜店、珍珠店的老板都是有“合作”的。网子撒得这么大，也就难怪我会自投罗网了。

下午去市中心，改乘中巴。居然，也未能幸免地被司机拖到一家珍珠店给“黑”了一把。看着寥寥无几的顾客和虎视眈眈的商家，我很识相地买了一颗价格不菲的珍珠和一条生肖贝壳链。

按照司机的理论：到北海不买珍珠，就好比去吐鲁番不吃葡萄。不是遗憾，而是罪过。

“黑”司机总算还留了点人性，给我介绍了银滩边的一家性价比很高的海景酒店。

酒店的房间有两面落地大窗。蜷在洁白的床上，可以欣赏窗框中两片流动的海，慵懒、闲适，一如我身体上的轻松和精神上的释然。这让我因接连受骗而积聚心底的阴云，慢慢淡化到那无边无际的蔚蓝的最深处……

旅程中的不快是难免的，它只是窗框中的一朵云，飘过去就飘过去了。

涠洲岛

难忘海鲜大餐

（2008年4月29日）

乘快船至中国最大、最年轻的火山岛——涠洲岛。

“忽闻海上有仙山，山在虚无缥缈间。”从船上远眺涠洲岛，只是隐约的一线。各式船艇在这里进进出出，人来货往；飞鸟水禽，时隐时现；浪涌波兴，空阔无边。这灵动而诗意的一笔，铺陈出我对美丽北部湾的无限遐想。

靠岸后，上到栈桥，有工作人员强收所谓资源费，徘徊一会儿后，导游证再立新功。刚登岸，就“受宠若惊”地被一群“女摩托”、“女中巴”团团围住，争嚷聒噪着要我坐她们的车。举目四望，一时迷惑自己是否走进了小时候看过的一部电影《寡妇村》。目光所及也是清一色的女人，岛上的男人们哪去了？

三轮摩托在山路上盘旋，澄蓝碧透的天空在头顶旋转，一望无际的大海也环绕着岛屿旋转。涠洲岛是在十三万年前经数期火山喷发堆凝而成，所以海蚀洞、海蚀平台随处可见。悬崖峭壁直迫岸边，天然的沙滩、碧蓝的海水与古火山依依相应。岛上十景诸如猪仔岭、鳄鱼火山口、滴水岩……景景好看，就是太阳太烈，让人没法抬眼。在各景区大门拍一张“手搭凉棚”的照片后，匆匆而返。

正午的码头，橹艉相触，桅帆林立，比早晨来时多出了好些渔船，还多出了好些男人。岛上的男人，下海回来了。

骄阳下，他们额头上滚着豆大的汗珠，正用黝黑结实的臂膀从船上抬下一筐筐鲜活的海鱼海虾，收获的喜悦绽放在他们坚毅的脸庞。岛上的女人们突然都安静了，温情脉脉地给男人们递上毛巾，然后屁颠屁颠地跟着自己的男人回了家。大抵，女人们只有在男人面前才会隐忍平日琐碎中的浮躁，重回小媳妇的模样。

男人们的归来，为这座美丽的小岛添加了生机和活力。

我循着海味的腥香到了一家渔民的门前。四个男人正在一棵百年榕树下把酒临风，享受下海的收获。见我饥肠辘辘地张望，遂从盘中拿起几只奇形怪状的海螺给我。那海螺真叫鲜啊，连连塞进嘴里，顾不上称好，只是不断点头。男人们见之哂笑，又给我塞了些大蟹大虾。从来不曾受过嗟来之食的我，此时全然不顾淑女形象，左右开弓，佐料酱沾了满手满脸，却无暇他顾。男人们问我要不要坐下，再来点酒。我看看他们盘中已所剩无几的海螺，不好意思地用油乎乎的手擦了擦油腻腻的嘴，推辞说时间紧，还要赶船。

离开船的时间其实还有两个小时，鬼使神差地我又走进了鱼市场。那些叫不出名字的海鲜，闻所未闻，见所未见，看得我满口生津、垂涎三尺。称上几斤大大的螃蟹肥肥的虾，花十元在餐馆里加工，然后坐在腥气扑鼻、污水纵流、人声鼎沸的市场里，一手拿着啤酒，一手抓着海鲜，在有生以来最无情调的地方享受了一顿有生以来最美味的海鲜大餐。

没齿难忘，涠洲岛——这个令我从此肃然起敬的地方。

下午5时，抵达北海国际码头。在李姓领队的带领下，至深水港码头联检，出关，上茗花女王二号邮轮。

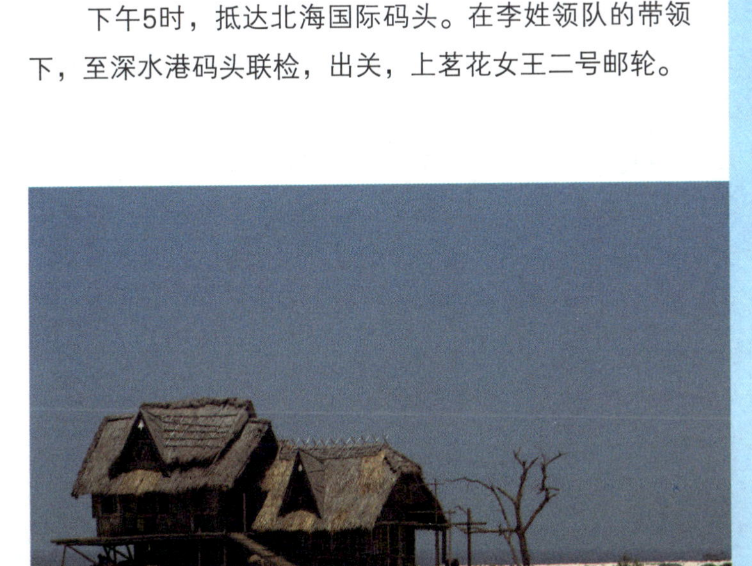

下龙湾

疑似蓬莱仙山

（2008年4月30日）

晨醒，邮轮已驶入越南的下龙湾海域。

第一次坐邮轮，兴奋不言自明。无暇风景，上上下下将邮轮先逛个遍。总体来说，无论从哪个角度看茗花二号，都是雍容大气的。它像是一座漂浮在海上的星级酒店，尽显王家风范！阳光茶座、休闲沙龙、中西餐厅、大小酒吧、夜总会、游泳池……还有可供1025位客人入住的各类客房。我下榻的当然是最末等的无窗无景、狭小逼仄的标准四人舱。

很知足了，能上这样奢华的海上邮轮，打地铺都乐意啊！

顶层甲板是船上看风景的最佳去处，360度毫无遮拦的天空和海洋，尽收眼帘。蓝光闪烁的泳池倒映着云朵，池中有“鱼”跃碧波，池边有四仰八叉的“鱼干”。外围是一圈日光浴椅，上面躺满了舒适和随性的人，或读书，或假寐，或瞪着云朵YY，或同我一样眺望大海。

海上薄雾轻灵，仙山影影绰绰。连绵迤逦的石灰岩山丘，一座一座地兀立在万顷碧波上。有的一柱擎天，凭海临风；有的层峦叠嶂，绵延不绝，千姿百态的岛屿个个挺拔俊美。悠远清阔的天空上，有镶着金边的银色云朵在散步；翻银吐玉的波涛间，有翩翩翱翔的海鸟在唱歌。

邮轮在下龙湾码头抛锚，边检后乘越方木质游船离开宽阔的海域，一头扎进蓬莱仙境。蓝天朗日下，突兀而起的三千六百多座奇山异岛远近高低，错落有致，或连绵，或孤立，或形同千仞围屏，或宛如两鸡相斗，或貌似卧伏海象，或俨然垂钓老翁……千般姿态，万般模样，优雅随意，遗世独立。清风吹来，宁谧的海面上顿时涟漪阵阵，万壑千门在薄雾里次第打开，像展开的一幅幅氤氲朦胧的写意山水画。

坐在二楼船首，微风拂面，远眺渔舟上身段婀娜的越南女子，头戴斗笠，侧身摇橹，风情万种。好些越南渔民向我们荡舟而来，举着香蕉、苹果、海鲜兜售。其中一位穿着藏青色布上衣的渔家女子光着脚戴着面巾，只露出一双黑

眸，这让我想起“阿富汗少女”的惊世眸子，纯朴而充满风情。迅速拿出相机给她拍照。她撇过头说：“不买水果，不让拍照。”哇！好有个性的越南女子。

天堂岛遥遥在望，汽艇拉着飞伞在空中飘摇。它让我回想起三亚，曾几何时也挣脱过陆地的束缚，在天高海阔间自由自在地飞扬。

及至近前，才发觉天堂岛很小，却欢快热闹。沙滩的茅草亭下伸展着慵懒的惬意，波涛间漂浮着快乐的尖叫。许多越南小男孩在海边追逐着打水战，他们的嬉笑和奔跑激起白色的水花。远远打望他们闪闪发光的黄皮肤和黑眼睛，羡慕他们珍珠般璀璨的笑脸和不受拘束的心灵。

迫不及待的我也换上泳衣，跳进了欢乐的海洋！真想变成一条与世无争的小鱼，每天就在这天堂岛碧蓝的海里穿波逐浪……

阳光美好，沙滩美好，笑容美好，心情美好——这，便是天堂的定义吧！

河内其实很“中国”

（2008年5月1－2日）

乘大巴穿省过县，进入越南首都——河内。

河内的街道很窄，街道两旁的房子是一幢幢三到六层窄长的小洋楼，三四米宽，十来米长。楼层探出一个个圆弧阳台、雕花门楣、风雅凸窗，绝不雷同的造型和五彩斑斓的颜色，让河内显得活色生香。

河内的交通若不亲眼目睹，无法想象。多如过江之鲫的摩托车满街乱飞，车手们对红绿灯熟视无睹，视交通警察形同虚设，超速、超载、不带头盔，还玩技巧。这其中不乏女摩托车手。她们风驰电掣的超凡驾技常看得人心惊肉跳，但也赏心悦目，因为她们个个衣着时尚、长发飘飘，还戴着漂亮的口罩。那口罩真是河内一绝，个个相异，款款不同，且绝对量身定制，绝对特立独行。更有甚者，一条大方巾折成三角形，围在眼下，再戴上一顶越南竹笠，活脱脱金庸小说中的蒙面飞侠。予人印象最深的是一对妙龄少女，她俩骑着价格不菲的名牌摩托，并行在川流不息的车流中。在和我们的旅游大巴同行的时间里，她俩一直津津乐道着有趣的话题。那两双大眼睛、两个俏模样早已成了一道风景，不知道吸引了多少欣赏的目光。可她们全然不觉，那份专注和投入最是让人过目不忘。

途中还看见一辆接送孩子的幼儿园班车，车窗上印满了一张张稚嫩的笑脸，有的和我招手，有的朝我做怪相。暖暖的微风中吹来童年的味道。

车窗外流动的风景，温馨而亲切，这是河内给我的第一印象。

一路看到的越南面孔也很顺眼。身材清瘦，面孔“中国”，二十世纪八十

年代的那种。如果不讲话，个个都像是我的同胞。

走进狭窄的弄巷，中国文化的遗存无处不在，一不留神就能看到带有中文名字的小巷。喧嚣杂乱的市井，夜市中讨生活的人们，建筑物转角下的乞丐……都像二十世纪八十年代中国影片里的桥段，不矫饰，不造作，真实而熟悉，场景很“中国”。

在卖777牌绿豆糕的旅游品商店门口，看见一个戴绿色帽子的越南男人在抽烟，见我冲他坏笑，他不明所以地也冲我打招呼，态度洒落，面对镜头，还很配合摆出几个Pose，让我给他那张盖帽的风霜劳碌的脸“咔嚓”了一张特写。

晨起，深吸一口异国他乡的空气，顿时神清气爽，反正躺着睡不着，索性到街头闲逛。

宾馆大门口屹立着几棵木棉树，正值花期，枝叶浓密，花头繁茂。曾有一部电影，越南士兵很狂妄地叫喊：“凡是有木棉树的地方都是越南的！”可现实

中的越南人很友好，当我在树下拍照时，一个摩的司机从树上摘下一枝木棉花，连同温厚的笑容送给我，还叽里呱啦说了一通一句也听不明白的越南话。虽然对越南男的殷勤献花不明缘由，但有些事情未必要把它弄得太清楚明白，语言不够热情足够时，兴致最重要，毕竟一大早就有异国的异性献花，是件异常浪漫美妙的事情。

拐到街头，浪漫和美妙全给吓跑了。无数辆摩托从面前呼啸而过，耳边响彻着马达的轰鸣，空气里弥漫着废气和烟尘。想横穿马路几乎没有可能，即使走在马路边缘，仍有飞来横祸的恐慌。一时兴致全无，怏怏而返。

早餐是越南米粉。导游常蛊惑我们，在家吃米饭，在外吃米粉。虽然他的“米粉”另有所指，但尝尝越南米粉是很有必要的。一只大碗，宽宽的清汤、浓浓的牛肉香。汤里不多的米粉洁白如玉，散落着几片挂着紫筋的洋葱和鲜嫩的牛肉，深深地吸上一口，有着奇异的清香，即使在这挥汗如雨的早晨，也觉得是一份沁人心脾的清凉。

早餐后，去了军事博物馆，导游详细地给我们讲解了美越战争、法越战争，却对中越那场战争只字未提，这让我原本忐忑的心多少踏实了些。战争，是所有经历过的人心中永远的伤疤，是我们后来人不必经过的窗口。

巴亭广场是肃穆安静的。方方正正的一块广场，一星红旗在中央迎风飘展，有点儿北京天安门广场的意思，只是略微小气些。好在越南也是同志加兄弟的社会主义国家，还是怀着崇敬的心情参观了广场四周的总督府、国会大楼、吊脚楼，瞻仰了胡志明陵墓。过于政治化的景观，了无趣味，倒是站在旅游品商店里的几个越南女很是养眼，一袭粉色奥黛漫抹的身段婀娜轻盈，纤腰不盈一握，眼神散漫忧郁，韵味十足。

下午，重返茗花女王二号。无所事事的我爬到顶层甲板上，任由船只带着我穿越蔚蓝。在下龙湾干净高远的天空下，我的思绪在浩瀚的洋面上没有疆界地游走。

银滩 玩海听涛

（2008年5月3日）

抵达北海，重回祖国母亲的怀抱。

前几日的“难忘”经历，让我决定徒步去海边。

到了银滩才找到海滨城市的感觉。在或密或疏椰林的掩映下，风格迥异的欧式洋房沿着海岸线逶迤开去，为大海镶上了一条五彩的裙边。

游人们身着绚丽的泳装，有的在海里畅游，有的在沙坑里假寐。孩童们在沙里挖螃蟹，老人们坐在遮阳伞下眺望远方。远处，摩托艇戏弄着波浪，皮划艇在波峰浪谷间荡漾。早归的渔民们在沙滩上摘鱼清网，我也趁机捡拾了五条色彩斑斓的漏网小鱼，在我的脚前摆成脚趾的形状，自拍一张。

太阳快落山时，银滩的游客渐渐多起来了。捡贝壳的，冲浪的，玩摩托艇的，在浅滩漫步的……落日的余晖照在他们满足陶醉的脸上。碧绿色的大海一波一波，温柔地舔舐着洁白柔软的沙滩。随意找一茅草亭前坐下，看云霞在天际燃烧，听涛声在心中荡漾……

时间在这里，像沙，像水，随它从手边流走，毫不吝惜。生命就应该浪费在最美好的事情上。

那个成日里叫嚣着要“成功”、要“奋斗”的现实世界，此刻全然隐退于眼前的茫茫大海，它知道，在“快乐”人生面前，它没有发言权。而我，一个总也鼓

不起“斗志”的人，此处终于可以心安理得地随波逐流了。这里的所有人都在身体力行地告诉我：以开心为己任。人，就一辈子可活。

要像——53号界碑处木讷的越南哨兵，做事睁只眼闭只眼，活得“糊涂”；

要像——涠洲岛下海归来的男人们，用最美味的海鲜犒劳自己，活得滋润；

要像——下龙湾戴着面纱的渔家女，柔弱的身子里有倔强的个性，活得尊严；

要像——河内街头讨生活的摩托男，有着清晨给异国美女献花的浪漫心境，活得诗意。

他们都是些简简单单的人，可往往简简单单的人活得比精打细算的人更快乐。

明天就该回家了。在时空的光影里，快乐的记忆如风一般，将与我同回。回家后第一件事，当然是在那张世界地图上插一面小红旗，抹去它阴冷的脸色，让它也鲜活靓丽起来。虽然只是孤零零的一面，却是梦想积蓄了三十年后喷薄而出的第一缕光芒。曙光乍现，光芒万丈的时刻还会远吗？

Trip For Dreams

人生这场大旅行，难免有孤独寂寞、伤感惆怅，
所幸的是我把每一天都当作生命中的绝唱，
唱出绝美的华章，唱响心底的梦想。
如此，在遥远的那一天到来时，
我会说：“我为梦想活过，真好！”

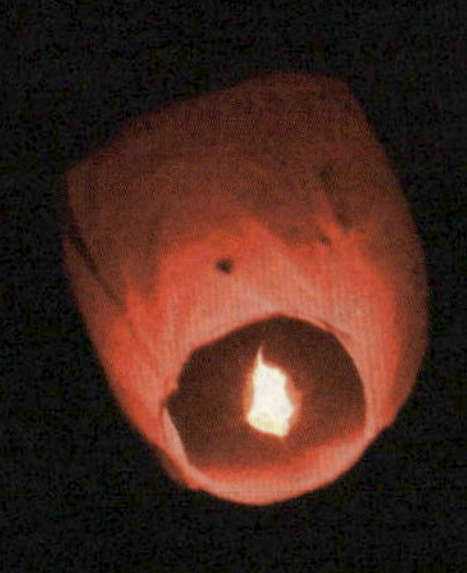

梦想启程

（2008年5月16日）

再过七天，我就三十六岁了。人生过半，梦想要去的地方却没能过半。

5·12汶川大地震，只在瞬间，生灵涂炭，数万人丧生。大自然面前，生命何以如此脆弱不堪！

人的生命究竟有多长？接连四天，电视、互联网上铺天盖地的噩耗和那些在废墟下顷刻间戛然而止的生命，让人对答案不寒而栗。

我的生命究竟有多长？有两个三十六岁吗？果真有，老天爷，我给你烧香！

其实不管生命有多长，庆幸当下我还活着，还有时间静下心来重新思量生命中真止重要、有价值的事情。比如，梦想。

几天来，震灾中夭折的孩子们，他们天使般天真烂漫的微笑始终定格在脑海里，锥心的痛！那曾如花的生命告诉我：生命无常。有些事情，现在不做，就永远没机会做了。所以，上路吧！去自己想去的地方，做自己想做的事情，全力以赴追逐心中的梦想。

没有和任何人告别，把忧伤装进行囊，带着一颗沉甸甸的心，启程。

拜谒 三孔

（2008年5月17－18日）

去曲阜的高速上，看见一辆农用车在反方向的车道上急驶。三个赤膊青年，顶着骄阳，满脸的焦灼惶急。车上挂一条醒目的横幅：支援汶川灾区。难怪这辆车能上高速，“抗震救灾”已成了当前最畅通无阻的特别通行证。早上的新闻说十万救灾大军已雷霆出发，而在官方采取救灾行动的同时，成千上万的志愿者通过非官方的渠道赶往灾区，参与救灾。这个时刻，能够靠近汶川，直接给予一份帮助，奉献一份爱心，会被视为此生的荣耀和骄傲吧！

抵达曲阜。朝圣！

两千五百年以来，孔子一直被当作圣人供奉着。如今的孔子学院已遍布全球。在他的家乡曲阜，更是随处可见孔子学堂和各类版本的《论语》。我在孔府门口买了一本英文版的《论语》揣入怀中，希望能沾沾孔圣人的书卷气，妙手著文章，仗笔走天涯。

孔府是一个须仰视的思想高地，一个让灵魂栖息、净化，继而深化的地方。步入孔府，随着一帮新加坡留学生和他们的导游漫步于孔府的宅堂庭房和逼仄的弄巷，听世袭七十多代衍圣公的家族史和一些鲜为人知的故事。渐渐对统领中国近两千年的儒家文化有所了悟。一个家族几千年来可以影响进而主宰一个国家的发展，这在世界的文化史统治史上应该是绝无仅有的吧。

孔庙里碑碣颇多，但大都伤痕累累。最大的一块石碑采自北京西山，于公元1686年所立，加上底座有60多吨，据说是泼水结冰滑送过来。老祖宗们真是聪明！

导游说，慑于孔夫子的赫赫威名，即便是清军入关和日寇侵华时，三孔也未曾遭受多大破坏，却在“文革”中被愚昧的红卫兵几近破坏殆尽。其中最大的一块，是他们用钢丝套住石碑中部，再用大型拖拉机猛拉，使之倒地断成两块才罢休。所以现在石碑中间有条巨大的裂痕，里面还有钢筋穿孔的印记。导游说只有两块石碑幸免于难，一块是朱元璋题的碑文，红卫兵觉得他是贫下中农出身，“赦免”了它；一块是有个模糊的“党”字在碑文落款处出现，红卫兵怕是共产党的落款，而手下留情。

孔林有200万平方米，围墙就有7公里长，足见其大。大门前的甬道两旁有如龙似虬的苍松翠柏夹道而立，稀疏散落道旁的是孔子家族的坟茔。孔子的坟茔和墓碑相对高大些，据说是后来逐步加高而成。想当年孔圣人也是穷人，坟墓自然也不会多大，但它所深藏的圣学经纶是后来两千多年来无人可及的。

祈福泰山

（2008年5月19日）

早餐是含着泪吃完的。电视上不断滚动播报国务院关于“全国哀悼日”的公告，以及最新的震灾死亡人数、受伤人数和失踪人数。曾经鲜活美丽的生命如今怎么就成了一串串冰冷的数字了？老天爷对他们是不是太不公平？电视画面切换到北京天安门广场，在微露的晨曦下，冉冉升起的国旗，在短暂的定格后开始缓缓下降。第一次看到五星红旗为无名死难者降下，悲悯之情油然而生，泪如雨下。

为亡者哀悼，成为这一天13亿中国人共同要做的一件事。

而今天我要做的，是找一个离天最近的地方，为生者祈福，为死者祷告。

孔圣人说：“登泰山而小天下。”他老人家是在暗示我泰山是离天最近的地方吧？史书上说，神农氏、炎帝、黄帝、尧、舜、秦始皇、汉文帝、康熙、乾隆等君王都曾到泰山封禅，以示对天神佑护的谢意。老祖宗们是在告诉我泰山神是最灵验的吧？而我此刻就在泰山的脚下，如果我能上金顶祈福，老天爷应该会听见吧？

乘车至中天门，再从中天门徒步登顶。一路上，松涌涧鸣，鸟语花香。放眼望去，青山连绵，莽莽苍苍。渴了，就掬几捧山泉；累了，就读一读摩崖上的石刻。历史上太多文人伟人在这里挥毫题壁，它们嵌金镶玉一般，遍布崖麓山巅，让我在上山的路上一点都不觉得寂寞。尤其喜爱毛爷爷大气磅礴的草书，于是在他的每一处题壁前都恭敬地献上了一束小花。

山高路遥，及至十八盘，只有埋头喘气的份儿了。遥遥上望，十八盘夹在两山之间，像一条天路，直达白云深处，那里是泰山神居住的地方吧。不知从哪儿蹿出一股傻劲，在游人的讶异里，举着太阳伞在通天云梯上飞跑。风鼓动着伞，那轻盈上升的力量，真让人有点儿腾云驾雾、平步青云的感觉。很快，最难爬的十八盘被甩在身后，回望那些还在脚底下如蚁挪动的登山者，颇感自豪。

过了南天门，天街到了。在高山之巅，一条平坦宽阔的石板路突然横亘在白云之上。拾阶而上，蓝天就在平视的眼前，浮云飘过指间，阳光闪烁在眼睑。更让人惊诧的是，天街旁开满了海棠花，或红或白，一片片，一簇簇，满山遍野，像飞云，像织锦，给伟岸刚毅的泰山披上了一件华美的彩裳。坐在海棠树下仰观，一层花上面还是一层花，荫天蔽日，竟是花天。

14时10分，达到泰山之巅。日近云低，真是“只有天在上，更无山与齐”。这时，意外收到儿子的短信：14时28分，无论妈妈身在何处，请默哀三分钟！忽然间的，眼泪便涌上来了。儿子这么小就知道痛惜素不相识的普通生命，相信经历了今天，他会更加尊重和珍惜生命。

14时20分，在金顶上，在历代皇帝举行封禅大典的地方，点燃三炷香，虔诚地叩拜了天神、泰山神、四方诸神，为家人、为自己、为5·12 遇难同胞祈福。在这五岳独尊的金顶，在这离天最近的地方，天帝一定能听见内心的期盼吧：愿吾国吾民平安，愿更多的人生还！

14时28分，碧霞祠的钟声敲响，所有的游人都停下脚步，面朝四川方向肃立默哀。整整三分钟，清远、悠长的钟声在山谷间回荡，似在和遇难的同胞们告别，又似在勉励活着的人要更加坚强。泰山曾三次沉降，曾遭三次“灭顶之灾”，却终于昂首挺胸站起来，成为巍然而立的神山。中华民族也曾几经浩劫，多灾多难，但始终昂扬屹立在世界的东方。

泰山注定要成为泰山的，就像中华民族注定是压不倒、挫不败的伟大的民族。

翻银吐玉

（2008年5月20日）

济南的街道是按经纬来命名的，看路牌感觉就像走进了地球仪，经一路，纬二路……纵横交错。身为资深路盲的我很快就被这些坐标搅得晕头转向，仅一个趵突泉——济南最知名的景点，就让我摸不着门，一阵好找。

趵突泉号称“天下第一泉”。三股泉眼一字摆开，翻银吐玉，终岁不竭。其清冽甘饴，据说饮之能醒脑明目，清心健脾。李清照故居就在泉边，难怪她能写出玲珑剔透、缠绵悱恻的绝代华章。她的一生应该是凄苦、感伤的吧。自古以来，大凡文章珠玑的女子多是多愁善感的。简单些，糊涂些，性情些，是不是会过得快乐些?

想得出神，突然看见许多游人抢拾地上的桑葚。在近旁的一棵桑葚树上，那紫得发亮的果实让眼馋的人看了嘴馋。我也加入进去，摇树，然后去拾那如雨洒落的桑葚。就着无忧泉水洗净，放入口中，浓甜里有一丝酸，很特别的味道。当年，李清照可曾尝过，可曾用它入诗词呢?

康百万庄园，听名字就知道这里曾经住过一个富可敌国的财神。步入庄园，高达数米的封闭式青砖墙内，院与院相衔，屋与屋相接。古旧的挑檐牌楼、精致的影壁花墙、隽秀的石雕彩绘，还有串串悬挂的红灯笼……咋看都有点乔家大院的味道。当然规模要比乔家大院大不知道多少倍，而且气势更为雄浑。园内屋宇堂阔轩敞，地面高低盘旋，宛若城堡。站在岗楼上，一切水陆通道、市镇田野，悉在眼底。而庄园唯一进出的大门还筑造得一夫当关万夫莫开。可以想象当年的康家安全而又不安全，舒适而又不舒适的生活状态。那年月民不聊生，群雄割据，想过个安稳日子只能是不惜重金将自己的城堡打造得固若金汤。

时光匆匆走过几百年，如今走在这高墙紧锁的庄园里，抬头四顾，仍然感受到这个家族炙人的气势。但显然康百万庄园名头不大，门可罗雀，远不及乔家热闹。据说这中原第一巨富是靠河运发财，靠土地致富，靠“贡献”得官，多次得到皇帝赏赐。八国联军入侵北京时，慈禧太后携光绪皇帝逃难至此，康家掌柜向慈禧捐银百万两，故得封赐“康百万”。

若把康掌柜放到今天，能排个中国首善吧！如今的康家已是人去楼空，唯有“康百万庄园”的门牌赫赫高悬，映射着曾经殷实的家底和冲天的豪气。

禅宗祖庭

（2008年5月21日）

“日出嵩山坳，晨钟惊飞鸟。林间小溪水潺潺，坡上青青草…… ”小时候听过的一首《牧羊曲》至今在耳边回荡。虽然对嵩山下的少林寺没多大兴趣，对刀枪剑戟、癞头和尚更是不感冒，但如果那里真的有“野果香山花俏小曲满山飘”，还是可以去瞧一瞧的。

临近景区，沿路排开竟有十几家武术学校。操场上有数以万计的学员在腾挪闪跃，喊叫声此起彼伏，蔚为壮观。

走进寺门，沿莲花道，怀着莲花般圣洁的虔诚去朝佛。少林寺是入世的，不像其他大寺名刹超然物外。佛殿里虽有香火，却不鼎盛，在这里，烧香拜佛倒成了其次的事。原以为这里念经拜佛担水挑柴处处是和尚，结果却一个也没看到。后来去少林武馆，才知道原来和尚们都在这里展示十八般武艺的少林绝活呢。

听导游讲“断臂求法立雪人”的禅宗二世祖慧可，心中方才敬意倍生。据说达摩祖师闭关九年后，慧可欲求佛法，想拜达摩为师。是日，大雪纷飞，达摩酣睡，慧可恭立雪中。达摩说我不会收你为徒，除非天降红雪。慧可聪慧过人，悟性极佳。手起刀落，斩断左臂。绕亭三周，红雪满地。至此，皈依佛门，弘扬佛法。后来，他创立了禅学，吸纳了儒、道两家的学说，又反哺于两家，从而形成三教合流，少林寺也因此被人们尊为禅宗祖庭。后世弟子为纪念慧可，袈裟斜披，并筑“立雪亭”。看来，成事者，仅有坚韧是不够的，还必须有敏慧的心。

寺内还举行着四川地震祈福法会，香烛林立，蓝烟缭绕。百多个僧侣和信徒在佛前跪拜叩首、诵读经文。佛真能普度众生吗？如果能，请让汶川所有不幸的亡灵都能悲心拔苦，得以超度，让他们飞升极乐世界，享受人世间没来得及享受的一切欢乐。

我，深深祈福！佛，你能听见吗？

活着 真好

（2008年5月22日）

南下，回家。

车窗外，朗朗乾坤，静谧安然；感觉生命静美，活着真好！

因为活着，我还有时间去实现梦想。

坐在车上翻读日记，那些涂满了一路痕迹的文字，没有昔日的诗意和浪漫，只有悲伤和哭泣，为灾难中那些突然停止的生命。平日里的许多不称心不如意，此刻都幻化成空气中的微尘，飘散得了无踪影。有什么比活着更幸运？

这几天，汶川的废墟下还在上演着生命的奇迹。也许，老天爷也被这些坚强的生命感动了，心软了！也许老天爷也意识到自己的玩笑开过了，在补偿！

真希望这奇迹能继续下去！

明天，我将迈过36岁的门槛。以孔子之寿，我的人生已行之近半。剩下的路，不知是会收获惊喜，还是艰难。但有什么关系！经历了5·12，任何世事艰险我都会坚强面对，坦然处之。我会认真经营生命中的每一天，让它独特而精彩。

此刻，温润的阳光透过车窗，轻抚我的脸庞。举目远望，原野里的树木鲜碧如洗，葳蕤凌风，那青翠昂然的浓绿为我的心中增添了鲜活的力量……

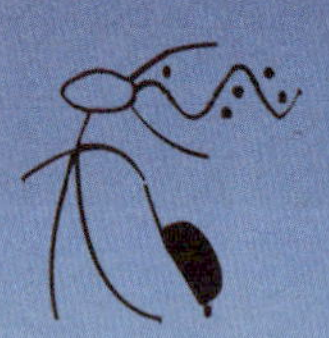

沉醉甘南 梦醒青海

Intoxicated In Gannan, Sober In Qinghai

我静静地伫立，遥看天边的白云漫过山际，
洁白的羊群飘过草甸，
在这天堂般纯净的地方，我早已将自己遗忘。

史上最长十一大假即将到来，周遭的好友几乎都已锁定了旅游目的地，而我却没有。恐慌与日俱增：偌大中国，就没有一个我能去的地方？

或许老天爷都替我着急了，否则不会有一天让“悠游户外网站”突然跳进我的眼帘，让我无意间看到了“行走甘南”的邀约。

潜意识里，我一直在寻找的或许并不是地理概念上的经纬坐标，我寻找的只是一种行走在路上的感觉：时时可能邂逅意外的惊喜，处处需要面对无常的未知。在陌生之地，享受生命，认识自己。

而“行走甘南”好像很契合这种意境。

就是它了，甘南！

驴友都是随性的人

（2009年9月30日）

草草午餐后，到火车站与驴友们会合。看他们的装束就知道是一批老驴。带队老大简单地做了介绍，大家彼此点点头，就算认识了。其实谁谁什么底细根本一无所知，这样最好，在外面做坏事可以不留名。嘿嘿！

13:45，一行十四人背着清一色的登山包浩浩荡荡地踏上了北上的火车。堆放好行李、分配好铺位后，大家开始天南地北地神侃，宛若久识的朋友。听言谈，都是些不甘平淡、风趣随性的人。

四十：寡言笑，作莫测高深状，貌似驴行经验丰富，故被推举为此行老大。

悠悠：上午刚补拿到结婚证的满脸灿烂的逃跑新郎。

花开：脸上绽放着婴儿般微笑的卷毛大哥。

耕耘：成日叫嚷着受不了年轻人打情骂俏的假正经。

章鱼：不离不弃带着“老干妈”的宵夜爱好者。

耗子：双眼始终茫然却热衷逛街淘宝的K歌王。

弯弯：通盖世武功、晓心理咨询的痴迷女摄影师。

偶然：吃完人家美食就找人拼命的口头减肥分子。

荷香：会摊一字、打翻叉的会计。

轻轻：喜欢跳摆手舞、爱发嗲的小女人。

妖妖：名字极有占人便宜之嫌的街头冒牌乞丐。

邀月：会手语、能琴棋书画的红眼兔子。

香水：曾经的专职导游，如今的无业新驴。

能遇上这么一帮身怀绝技的旅林高手，不免窃喜。反正闲着也是闲着，于是跟邀月学手语，和妖妖聊E族，听耗子现场说法，从弯弯那里明晓“女人永远只打得赢爱自己的男人”。

不知不觉混到晚餐时间，十四个人拿出各自携带的美肴佳酿，摊开来简直就是满汉全席。觥筹交错间，大家斯文扫地。吃饭几乎靠抢，夹菜几乎靠拼。我也毫不示弱，捋起袖子，左右开弓。管它呢，民以食为天，填饱肚皮是关键。可能是吃相过于饕餮，老大说：“这次甘南之行的游记就交给你写了。”

——一只鸡腿差点儿没把我噎着！早知如此我是宁愿饿到甘南的。

是夜无眠，上铺悠悠如雷贯耳的鼾声如海涛撞击礁石般撞击着我的耳鼓，循环往复，绵延不绝……

在祖国母亲六十华诞之日到达兰州，满城张灯结彩，鲜花锦簇。站在车站广场凝视飘扬的五星红旗，作为一个炎黄子孙，深感自豪。

老大的兰州女友很热情地招待我们吃了“牛家兄弟”拉面。那个鲜啊，是方便面无法比拟的。一时味蕾大开，海大碗面顷刻间没了踪影，连汤都没剩一滴。

吃饱喝足了，便去看黄河铁桥。耗子因为晚餐多吃了两个鸡蛋而精力过旺，站在公汽上自告奋勇地担当导游，讲解虽不专业，却也搞笑。有一句“我们前方要去的地方是下一站”，引得满车哄笑。

未下车，闯入眼帘的是黄河铁桥对面的白塔山，山上的塔楼和寺庙被景观灯点缀得琼楼玉宇一般。高高的夜空中一轮圆月，玲珑剔透又略带几分朦胧，为古城的夜景平添了梦幻般的色彩和情调。

黄河铁桥是一座贝雷式钢桁架公路桥，清光绪年间的古董，很老很旧却异常热闹。不宽的桥面上铺满了人，大家都争先恐后地在上面拍照留影，毕竟是古老黄河上的第一座公路桥。老大和他的兰州女友拍二人照时，眼睛却斜瞟着轻轻，那份顾忌和心虚完全不是他平常的做派。照相的人也存心，半天不按快门，我实在忍俊不禁地大笑起来，为此还挨了一脚踢。

兰州女友说话的语速很快，机关枪扫荡似的，听着似懂不懂，有一段大概意思是说甘南没什么好玩的，不如去青海湖。哈！一碗牛肉面就想改变老大做了一个多月的“行走甘南”计划，未免也太便宜了点吧？

几近凌晨，兴致盎然地去看了哺育中华民族生生不息、不屈不挠的黄河母亲，在她的寿辰之日，特别给了她一个亲切的拥抱。

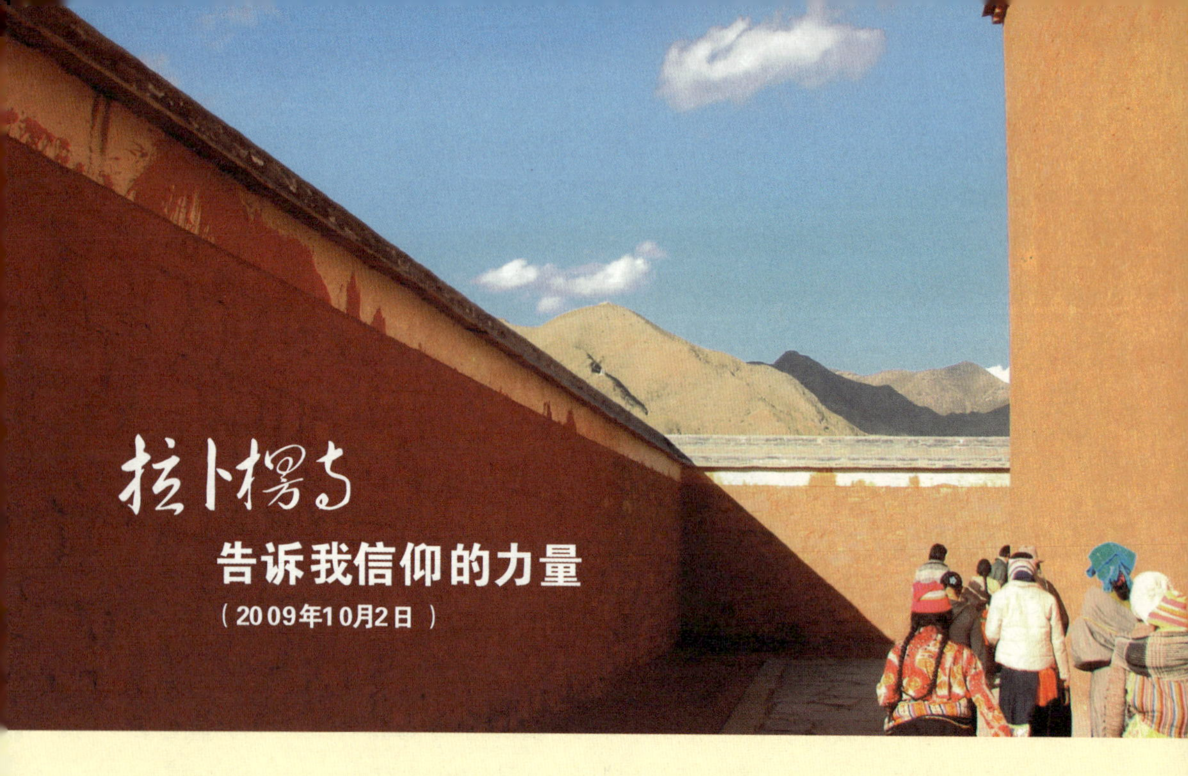

拉卜楞寺告诉我信仰的力量

（2009年10月2日）

早6:00起床，却只买到8:30去夏河的车票。十四个人只好一字排开地蹲在站台边傻等。幸好来了一对同去夏河的英国情侣，言语相投，于是一块聊天打发时间。

去夏河的路上都是光秃秃的山脉、成片片的高粱地，还有一望无际的草原。视线开阔，却见不到一个厕所。问开车师傅，他说大树下、小桥边、高粱林里，都是“方便”之地。哈！难怪这儿的草原如此肥沃。后来大伙“唱歌”全是在高粱地里，如果用长焦镜头一拉——嘿嘿！全是稀罕景，壮观！

临近中午，看到满街的喇嘛和藏族同胞，意识到已经触摸到了有“小西藏”之称的甘南了。这里安静得犹如一泓深潭，没有一丝波澜。满脸和气的喇嘛，三三两两，红衣片片，身上还不断有手机彩铃作响。看来喇嘛也与时俱进，紧跟潮流啊！

夏河因为拉卜楞寺而闻名。“拉卜楞”意思是佛宫所在的地方。进入拉卜楞寺真就像进了迷宫，太多太多的佛殿经堂，仅是僧舍就有万余间。拉卜楞寺最著名的当数转经长廊了。1700多个转经筒环绕了整个寺院，络绎不绝的转山人群无比虔诚地推动一个个经筒，口中念念有词，听得不真切，应该是“唵嘛呢叭咪哄”六字真言，为便于好记，我擅自把它篡改成“ALL MONEY TO MY HOME”。（佛啊，请原谅我，我可不是故意冒犯您啊！）

转山的人群中有好些是从青海、西藏、云南、四川磕着等身长头来此的。我静立一旁，看着他们虔诚地磕着头，五体投地。散落的头发，污浊的藏袍，唯一洁净的是对佛无以形容的崇拜。

有一个特别显眼的年轻藏民，高大俊朗，眼神晶亮。他围着寺庙磕等身长头，俯下，立起，一丝不苟。据说，他每天要这样磕一千个等身长头。

每天一千个，除了磕头，他还能做什么？

可没人觉得这个数字的枯燥、单调，相反让人感动和景仰。他因为有信仰而心无旁骛，生活简单却无比充实。想想自己，没有信仰，所以注定了心无所属，四处游荡。

不能彻悟这是怎样的一种宗教，居然可以让人世代追随甚至痴迷，却也满心敬畏，至少他们让我相信这里还是一片净土，而比这片土地更洁净的是他们对信仰无比的坚定和执着。

爬上拉卜楞寺对面的山坡，只见大夏河在它面前静静流淌着，给阳光下的拉卜楞寺另一种生气。一个年轻帅气，戴着金丝眼镜的红衣喇嘛坐在山坡上晒太阳，任凭我们一群俗人在镜头前装媚扮酷、大叫大闹，他只是微笑，神情安静而满足。忽然想起刚刚去过的号称世界藏学最高学府的中国佛学院，他也许是那儿的高才生吧，说不准还是个佛博士呢！

在山头，还遇到一个兀自玩耍的藏族小女孩，圆圆的脸蛋上挂着漂亮的“高原红”。清澈的大眼睛有些胆怯羞涩，不断躲避我们的镜头。我掏出大把水

果糖塞进她的荷包，她立刻流露出兴奋不已的神情，对着我们的镜头微笑。那一刻我甚至很羡慕这个衣衫褴褛的小女孩，因为于她而言，快乐是那么的简单。

想想所有生活在这里的人们，以及来此转山礼佛的人们，也都是如此吧。虽然物质清贫，却知足常乐；虽然生活艰难，却满怀信仰；虽然满脸沟壑纵横，微笑中却始终闪着温柔圣洁的光。

甘南 我迈不开离去的脚步

（2009年10月3日）

天还黑黑的，我们就赶往拉卜楞寺听喇嘛们早读，可惜被一尊红衣门神挡了驾。我远远地查看了一下主殿周围的地形，感觉要绕进去也非难事，但想想礼佛得遵守佛门的规矩，就放弃了。

9时，我们分两拨上了两辆小面的，前往桑科大草原。一路上天空澄澈，牧野无边。翻滚的青稞，无数的牛羊，气象雄浑万千。我们不断地对司机叫停，拍照，把自己融入这画儿一样的美景里。我一向最节约MS卡的，只照自己，不拍风景，可终究抑制不住美景的诱惑，开始毫无节制地按快门，以至于后来因为存储卡不够，传照片时丢失了好些拉卜楞寺的美照，此是后话。

老大三年前曾到过桑科草原，结识了当地一位藏胞并留影，这次放大了两张专程带来。真是个性情中人！仅是想象一下他把照片交到藏民手上那场景，我就有些眼眶湿润了。后多方打听，得知那位藏胞去了夏季牧场还没有回来，只好请附近的牧民转交。大家都有些遗憾！

继续前行，往尕海方向。远远地端详，尕海就像一块温软的玉，在茫茫草原的围抱中显得格外安静清纯。及至近前时，尕海正笼罩在正午灼烈的光芒下。水草间有水鸟在嬉戏，它们起飞的倒影在湖水中衬着白云如幻影一般。飘飞的云彩在天边变幻着，这种变幻也在湖水中呼应着，一会儿绚丽，一会儿淡雅，一会儿水墨，一会儿丹青。我们伫立在湖边，肩上的各色丝巾，迎风招展，翩跹飞舞。云轻轻抚过额头，风淡淡穿过发丝，在空旷的天宇下，在浩渺的烟波中，这是一种怎样醉心的愉悦啊！

郎目寺位于甘、青、川三省交界处，是块风水宝地。这里的人们崇尚天葬，他们坚信善良的灵魂可以往生。每有逝者，必焚香沐浴，抬上天葬台，任由苍鹰带上高空。那场景何等悲壮感伤，又何等庄重高洁。据说，郎目寺的天葬台是目前藏区唯一可观看天葬仪式的地方，此次同行的好些驴友就是冲着它来的。远眺郎目寺，金碧辉煌的寺院建筑群和错落有致的塔板民居掩映在郁郁葱葱的古柏苍松间，应该有得一逛吧。老大说给我们一个小时游郎目寺。问问景区的工作人员到天葬台有多远，答有四十分钟的路程。无语，时间只够去不够回的。算了，在门口拍个“到此一游”吧，好几个年轻人直接扭头去了酒吧喝茶。

郎目寺门口有一条小溪蜿蜒而过，小溪虽然宽不足五米，却有一个很大气的名字“白龙江”。北岸是甘肃，南岸是四川，站在江上的独木桥，左右看看，没有泾渭分明的界限，但是环顾两岸人的穿衣打扮，区别就出来了：一边是穿长袍的藏民，一边是戴白帽的回民。

忽然，天降冰雹。身上只穿了两件单衣，而且饥肠辘辘，中餐、晚餐已经掉了两顿了。买了两瓶矿泉水跳上回程的车，一路琢磨，此次甘南之行体重减个五斤应该不成问题吧，遂转怨为喜！

因为老大在美女面前意志薄弱，临时决定缩短甘南的行程，改道去青海湖。

原路返回，窗外是来时的风景：高耸巍峨的雪山，广袤原始的草原，神秘远久的古刹和一路匍匐前行、磕长头朝佛的藏家人……一切像电影镜头的回放，再一次从眼前掠过。我静静地蜷缩在车尾，欣赏着眼前流动的美景，感叹着这个天堂一样纯净的地方。在这里应该卸下包袱，忘掉纷扰，把心沉下来，再沉下来，静听美妙的天籁之声，那是拉卜楞寺的诵经声，是尕海湖的流水声，是桑科草原的马儿嘶鸣声，是贡唐宝塔无量光佛像的神秘之声……

真不想离开啊，还没看到黄河九曲十八弯呢！听说那儿的黄河水是清澈碧蓝的，真是不可思议。花湖什么样啊？据说是一个浪漫到无可救药的地方，有那么夸张吗？还有若儿盖草原，章鱼来时说要在草原上策马驰骋的……

塔尔寺

真言在天籁里摇曳

（2009年10月4日）

一直为没有听到拉卜楞寺的早课、没有看到喇嘛们的辩经而遗憾，没想到因为旅行计划的修改而歪打正着地去了塔尔寺，着实地把遗漏给补上了。看塔尔寺门前简介时才知道，这儿是我国藏传佛教格鲁派创始人宗喀巴大师的诞生地。对于他的大名我一无所知，只是在问路时，一位热心人说去西宁一定要去塔尔寺，于是循路而来。

进入景区，一大群导游围拢过来要求提供讲解。实在懒得和他们周旋，遂亮了一下证件，导游们无语，一时如群鸟，哄地一下全散了。塔尔寺虽然是和拉卜楞寺齐名的格鲁派六大寺院之一，风格却大相径庭。大殿、经堂装饰奢华，游客多、兔子多、磕长头的信徒却少，想必都是旅游过度开发留下的后遗症吧。

好在大殿里面原汁原味的堆绣、壁画、彩幡随处可见。一排排长明的酥油灯，香烟缭绕，看上去不下百余盏。跟着别人请的导游听宗喀巴大师的故事和活佛的由来，欣赏百年前的经卷、美妙绝伦的酥油花，以及各类法器物件，肃穆之感油然而生。佛家的经典真不是一日两日就可以领悟到的，难怪有人皈依佛门，一辈子潜心佛学。我虽不懂佛，心却是向佛的。遂请一盏酥油灯，许下了一个美丽的心愿。

殿堂里佛像林立，功德箱密布，漫步其间，见佛就拜，见箱就捐。真希望

我的虔诚佛都能看见，我的心愿佛都能满足！

最让我震撼的是在辩经场，居然有百多个身着绛红色袈裟的青年喇嘛围坐一起激烈地辩经。喇嘛们两两成对，一位盘腿打坐，双手合十置于胸前；另一位站立，不时地拍掌高呼，手舞足蹈，口若连珠，振振有词。站立者大声提问，端坐者也朗声回答。站立者不停地快速考问对方，并伴着很夸张的转身击掌和跺脚动作，偶尔还舞动念珠，拉袍撩衣，场面气氛热烈而紧张。据说为了在大庭广众面前不失面子，学僧在平时学经、辩经时十分刻苦，以考取一种格西学位或晋升高一级班次，在众僧中出人头地，受人尊敬。

从没见过这等手舞足蹈、激情四射、咄咄逼人的学习方式。只可惜辩经场不让拍照，许多游客只是站在角落里观看。我向来胆大，假装很随性地站在辩经场的中央，暗地盲拍了许多照片，构图肯定差些，但留下记录已很知足。

经堂里，喇嘛们正在上课，法号声声，经诵琅琅。一句也没听明白，更觉高深和神秘。空阔的殿堂内，只有酥油灯微软的光线在诵经的声浪中飘忽，我的神思也在这天籁声里摇曳。

恍惚中，我仿佛听见了六世达赖仓央嘉措的《那一天》：“那一天，我闭目在经殿的香雾中，蓦然听见你颂经中的真言；那一月，我摇动所有的经筒，不为超度，只为触摸你的指尖；那一年，磕长头匍匐在山路，不为觐见，只为贴着你的温暖；那一世，转山转水转佛塔，不为修来世，只为在途中与你相见……”

青海湖
雪域高原上闪动的眼眸
（2009年10月5日）

出发去青海湖时天降大雨，气温2℃，可我只穿了件夹衣。沿路祈祷：@#￥%&*……(此处省略36个字，系本大小姐的变天大魔咒。)

别小看我的魔咒，屡试不爽！

离青海湖还有一小时车程时，太阳竟然在刹那间赏了脸，笑盈盈地看着我，我也笑盈盈地看着它。真想和它握握手，如果它不是那么那么灼热炙手。云雾散去了，蓝天白云跟着一踊而出，挤满了整个天空。紧接着，山川、河流、草地也随之清亮了，黄的更黄，绿的更绿，红的更红，所有的色彩都艳到了极致。或许因为海拔高气温低的缘故，这里的秋天来得更早些，满山的红叶，层林尽染，实在斑斓可爱。

汽车翻过一座高山，视线倏然开明。辽阔的草原上，成群的牛羊象缀绣在地毯上的花朵。一杆杆经幡飘舞，色彩斑斓的蒙古包也撞入眼帘，为这片织毯绣上了亮丽的重彩。

巍峨的山川耸立在公路两旁，山下是青黄的高山草甸，宛若少女的裙；山的中部是酽紫色的，就像被风鼓动的衫；山的顶部覆盖着皑皑白雪，仿佛少女的白帽，温暖而俏皮。在视线正前方，一条银白的玉带蜿蜒飘向天际，它穿过草甸，越过溪流，飞过毡房，与天际的蓝天白云相接。那一刻，我终于理解了天路这个词的涵义。我不由自主地唱起了韩红的“那是一条神奇的天路……”

这里没有红绿灯，没有警察，人迹车辆罕见，很适合驾车撒野，你想多疯狂，在这儿就能有多疯狂。但是，你的脚不能松开刹车，因为那些可爱的、温顺的牛羊偶尔会蹿到公路上，它们可不会遵守交通规则，在它们的字典里，这儿是它们自由自在的家。

终于，远远的，我看见了青海湖。在薄雾轻袅中，它仿若藏族女子深情妩媚的眸。想必是微风轻拂吧，闪烁的是她多情的眼风。随着汽车的行进，我们几乎走到了她的眼睛里，看她眼波的涟漪由淡蓝色、亮蓝色逐渐变成宝石蓝，那种不停变化的美，足以让人失去自己的呼吸。

沙岛是个浪漫的去处。它耸立于湖边，将它的倒影依偎在青海湖的怀里。轻浪拥过，沙岛仿佛怕痒痒似的，在波光里笑得身姿摇曳。

在沙岛上玩耍时遇到一群骑马的藏族男孩，一个个头最小却最机灵的男孩放马过来对我说：“姐姐，骑马吧，十块钱。我的这匹白马特配你！”

真会说话。再看看那匹白马：漂亮、桀骜、不驯，确实蛮配！

秋的枝丫
悬挂着蓝天白云
我从树下走过
梦想缀满绿荫
微笑是它盛开的花

跨上白马，迎着刚烈纯净的高原风，策马扬鞭。风呼啸着穿过我的耳际，掠过我的发丝，托起我的身体，有近似飞翔的感觉。头顶的天很蓝，云很白也很低，仿佛触手可及。伸开双臂，沙漠、草原似乎就可以揽在怀中，那感觉真让人忘乎所以。

151平台可近距离地接触青海湖。湖水很清，清得可以看到水草的每一个叶片。湖周围极其安静，静得能听到草丛中小虫爬动的声音和轻浪缓缓拍击湖岸的声音。蓝天在水中的倒影，使得水更蓝、天更青，白云点点，恰成点睛之笔。站在岸边，遥望远处山水相接之处，高山皑皑白雪，水面水鸟蹁跹，阳光反射在水中，波光粼粼。而最不可思议的是在这样秋高气爽的十月，在碧波万顷的青海湖边，居然能看到大片大片金黄色的油菜花。微风拂来，清香阵阵，如此鲜亮的色彩已是照相极好的背景了，不想又来了一个漂亮的藏族小女孩，配合着我摆起各种Pose，让照片别样生辉。

灵魂
总是苏醒在他乡
（2009年10月6日）

重返西安火车站。全副武装的武警战士、警察、治安联防员布满了犄角旮旯儿，个个荷枪实弹，就连相伴的警犬也睁大眼睛在人群里逡巡着。花开因为满头的自然卷和直鼻深目，让警察分外关注，被着实严查了一番。

在车厢里坐定后，大家兴奋地传看着各自的相机。弯弯对每张照片从姿态、神情到心理进行逐一点评剖析，这让我忐忑。我的坏点子一直藏匿在寡言的外套里，该不会被这位心理分析师挖掘出来曝晒吧？

好在弯弯对我的评价是：圣女。

这词让我有点晕，我马上扶着床架，躺下。

闭上眼，却怎么也不能安眠。思绪不停地颠簸，断断续续回放着一路风尘：在西安、兰州，背着三十公斤的重装，黑汗水流地混迹在节日街头；在拉卜楞寺外，忘不了那惊心动魄的一幕，现在想来仍心有余悸；在塔尔寺，冒着被喇嘛们发现的尴尬站在辩经场中央偷拍；在郎目寺，拖着空腹两天的皮囊在骤雨冰雹下逃逸……这些仿佛小说里的虚拟场景，却真真切切地在我身上演绎。艰辛而凶险，却使人坚韧和勇敢。

如果人生的阅历，不是以有多少次呼吸，而是以有多少次喘不过气来计算，那么，这一趟放逐心灵和磨炼意志的长路，无疑让我的人生丰富并延长了。在这条路上，有圣湖之水为我抚去脸上的焦虑，澄净不安分的灵魂；有经声梵呗唤醒我日趋麻木的内心，点亮我晦暗渺茫的前程；还有青海湖、尕海、桑科大草原……让我相信，在这个世界上，还有太多的远方静守着足以令我心灵震颤的美景和美好。这让我心生明媚，心存期待……

寻找温暖的童话
Looking For Fragrant Fairy Tales
童年，需要童话。
长大后，也需要童话。
与这个世界的邂逅就是一个美丽的童话。
在这个童话故事里我将逐日而生，
即便被爱的温暖熔化。

快过年了。街上的红灯笼、门户上的瑞虎，以及街头巷尾零星可闻的爆竹声，都在提醒着人们：2010农历新年就要到来了。而我，却选择了离开，离开这太熟悉太一成不变的过年方式，离开那些冰冷的面孔。揣着四国的钞票和四季的行头，到一个遥远、陌生而又温暖的地方，去迎接新年。我想新年应该有新气象新梦想吧，在那崭新而神秘的国度里，我的心一定会随着佛的微笑释然和舒展吧。

飞临南国的春天

（2010年2月3日）

逃离寒冷其实很简单。只需要一张200元的机票，便让我飞临深圳——这个被计划了无数次、搁浅了无数次，只为了在今天与我邂逅的春天般温暖的城市。我想，冥冥之中一定有一只手在安排着人们的际遇。要不，这座城市为什么会在我的心最冷的时候，向我张开温暖的臂膀？

没想到心情会像天气一样的变化。天气暖和了，心情也变得湿润明朗了。丢下行李、穿一件薄衫在街上溜达，惬意、随性。让人感到一种久违了的轻松和自在，这种感觉真好。

没有行程，没有计划，删掉旅游攻略里的世界之窗、锦绣中华。这世上没有必须要去的地方，正如这世上没有什么是必须要做的事情。所有的一切，只取决于我当下的心情和真实的需要。而此刻我需要的是漫无目的的闲逛。

随处可见漂亮时尚的霓裳，在明亮的橱窗里向我招展。经不起诱惑，淘了三条短裙。遐想自己身着性感裙装在浪漫的芭提雅海滩上追风逐浪，心都乐飞了。明天的这个时候，我应该在阳光明媚的泰国，那里有更热情的心情等待我吧！

互赠见面礼

（2010年2月4日）

从深圳皇岗口岸过关到香港。

当我登上阿联酋航空公司硕大的波音777时，简直按捺不住内心的狂喜，在宽敞明亮的机舱内左摸摸右看看。波音777是当前世界上最长的双发喷气客机，有近400个宽大舒适的座椅，有独立的娱乐系统和视频，有漂亮迷人的阿拉伯空姐，还有丰盛考究的餐食。最不能让我释怀的是这架EK385航班在曼谷经停后将飞往迪拜——那个充满了奇迹和争议的、极尽奢华的地方。早知道办个签证，借机飞到迪拜，哪怕只是在迪拜的棕榈岛抑或七星级帆船酒店过上一夜啊！

三个半小时的航程后，我们到达曼谷 Don Muang 国际机场。虽然几近凌晨，机场内仍旧灯火通明、人流熙攘。各种肤色的面孔、南腔北调的语言、密密匝匝的客流，让人彻底领教 Don Muang 在亚洲机场忙碌排行榜中位居第二的赫赫威名。在机场换币处，我用美钞换了厚厚一沓泰铢。盘点我的钱袋，欣赏着花花绿绿的各国各色钞票，只以为是在环游世界咧，爽呆了！

刚出机场，一股热浪夹杂着潮湿的风，瞬间把我包围。夏天，就这样突如其来了。

泰语称先生为“屁”，于是我们的泰国导游小韩就理所当然成了“屁韩”。屁韩是华侨的后裔，他反复炫耀着泰国男人可以娶多个老婆的幸福，可他自己却是单身。他给我们的第一份见面礼是每人4300泰铢，还说这是预先为我们兑换好了的，等值于1000元人民币。哈！按照国际汇率1:4.9，他上团第一天就讹了我们全团18人每人600泰铢。真是个韩屁！

我不是慈善家，平白无故地送钱给一个非亲非故的外国人好像不太合情理，何况已在机场兑换了几千泰铢，于是作为全团唯一的异类谢绝了屁韩的“好意”。

其他团友心照不宣，但苦于没带美钞，只能任人宰割。屁韩看出了大家脸色的阴冷，为缓和气氛，他出了一道算术题，称若有人答出，就请全团的人到桂河喝啤酒。而他的题目居然是我儿时曾玩过的一道“24点”，于是轻而易举赢得了两件冰啤。

在这样酷热难当的时节，漂流在桂河的竹筏上，伴着晚风，喝着爽啤，想想都觉得美。而更美的是不经意间就将自己的数学天赋显摆了一下。哈哈，两件冰啤就算作是我赠送给团友们的见面礼吧！

嗨，没办法，我这人想不出风头都难！

金装的城市

（2010年2月5日）

走过的路越多，经历的事越多，就越感觉到自己的无知和狭隘。

初到曼谷，坐在大巴车上看右手边飞驰的小轿车，发现驾驶位上居然没人；再看下一辆，驾驶座仍旧空着，可车却在眼皮底下风驰电掣。大白天见鬼了！所幸培养了三十多年的沉着和冷静没让我大呼小叫。继续看，才知道泰国车辆的方向盘和英国的一样在右手边。虚惊！

不到曼谷，断然不会知道金子可以如此极致地被使用。金碧辉煌的泰国皇宫、熠熠闪光的庙宇佛塔、街头矗立的九世皇及皇后的巨幅画像……好像半个曼谷城都是用金子打造的。当然金子使用最多的地方当属大皇宫。和中国的故宫相比，泰国的皇宫没那么大气，但是在细节上，感觉更考究些。尤其是在色彩的处理上，在金色之外用了很多蓝色和绿色，让人觉得精致而且不容易产生视觉疲劳。不过皇宫里太热，还规定游客必须穿长衣长裤。参拜玉佛时要脱鞋，热得实在没法静下心仔细去研读人家的文化。一阵风似的在里面拍照一圈出来，看门口几个卫兵，穿着严严实实的白制服，戴着密不透风的头盔，握着尖刺刀桩子似的站

在那，纹丝不动，热傻了吧！

湄南河是泰国的母亲河。乘船游湄南河，船家阿婆首先给我们热情地献花，可当我们戴着花环正臭美时，阿婆向我们每人索取了20铢小费。啊，生财有道啊！湄南河畔住着世世代代赖以生存的水上人家。他们居住在用竹木搭建的临水吊脚楼里，那些竹木看起来有些年头了，许多已经半朽，有的干脆只剩下几个柱子在水中孤独地摇晃。许多妇女在水边洗衣，孩子在嬉水玩耍。据说泰国男人娶几个老婆，就会在门口摆几口水缸。我数到一家水屋门口有十多口，惊诧地问导游，导游说我把大花盆也当成水缸数进去了。

到了曼谷，才知道泰国当朝皇帝的画像是满街满巷到处悬挂的。这使我仅用了一天便将九世皇及皇后的雍容笑貌烂熟于心。九世皇已82岁高龄，一生只娶了一个老婆，膝下四个儿女，在位62年，是泰国就职年限最长的一个皇帝，当然也是最节约水缸的皇帝。（最费水缸的是五世皇，有99个老婆，79个孩子。）站在曼谷的街头，不论从什么角度看，九世皇及皇后始终雍容大气地面对着所有瞻仰他们的人们，谦和地微笑着。许是钦佩他对感情的专一吧，一时间，对这位德高望重的皇上充满了钦佩。

Pattaya 不眠夜

（2010年2月6日）

Good Guys go to Heaven, Bad Guys go to Pattaya.

看 Pattaya（芭提雅）指南里介绍，这里原来是一个小渔村，只是因为越南战争时美军驻扎在这里的缘故，逐渐发展成世界旅游名城。这里的色情业号称世界同行的鼻祖。泰国政府的政策是“禁赌不禁黄”，每年有300多万旅游者涌向芭提雅，在散布于这座城市的275家酒店25000个客房内享受他们的“新奇夜生活”和所谓“性自由”。你所能想到和想不到的一切色情娱乐在这里都可以找到，而且价格低廉。很多欧美的中老年男子趋之若鹜，在此长期驻扎，租房，租车，租泰妹，好些结婚没结婚的人在这儿都有了第二代甚至第三代。

虽然做好了一切思想准备，可甫进入芭提雅的街区，还是被眼前的光景雷倒了。车窗外的灯红酒绿、挨家挨户门口跳着钢管舞的暴露女郎、街道两旁列队扭动着身躯招揽客人的妓女、旁若无人与泰妹搂抱缠绕在一起的光着上身的西方男人……这里怎么可以这么肆无忌惮地放荡下流！交通也是混乱的，难怪，在这里人性已跌落谷底，怎么能要求车辆井然有序？

导游说在芭提雅这个地方，不与泰妹牵手，就是失落；不与泰妹拥抱，就是空洞；不与泰妹做爱，就是变态。这儿有鸡街、鸭街、鹅街，如果大家晚上想出去找泰妹，一定要在谈价的时候问明是泰铢、人民币，还是美元，否则进去容易，出来就难了。我环视了一下车内的男人们，个个道貌岸然，应该不会去做那种伤风败俗、极没品位、太低级动物的事情吧！

在宾馆稍微收拾停当，便和团友们出门夜逛芭提雅。我自问绝非圣人，但既然来了，有些东西也不需要去刻意避让。更何况，我都没见过“鸭”，如果一不小心在鸭街撞到一只，增长点见识也未尝不可。

深夜10点，是芭提雅夜生活的开始。霓虹灯闪烁着各种姿态的诱惑，与街边大型广告灯光相互辉映，把挤满游客的街道笼罩在橙红色的光雾中。街道上胡同里到处都有欧洲游客拥揽泰妹的影子，随时可以看到泰妹与游客在路旁讨价还价的场面。芭提雅的泰妹个个热情似火，极尽风骚。本就穿得暴露，还不停地扭动着身子，像吃了春药一样不断地把身上仅存的那块小布巾子往下扯，好像迫不

及待要奉献出自己的身体。她们接客的价格也很低廉，据说一晚从10美元到80美元不等。而且什么客人都接！我就看到一个1.4米高、瘦弱单薄似乎还未成年的小泰妹牵着一个两米多高的大块头欧洲男人开房，着实让我看出了一身冷汗，还起了一身的鸡皮疙瘩。

好在我们团队里的男人们没有表露出要在这寻花问柳的意思，只是一边咽着口水一边用相机拍照。现在回想，他们当时内心一定恨得我咬牙吧，却又无奈需要我这个陪同翻译帮他们买些次日上岛用的短衣、短裤、拖鞋。

逛到7 Eleven 店，发现了一种自取饮品，我一口气喝了三杯，感觉柔滑爽口。大家你一杯我一杯，直到把整个机器里的饮料喝光。最后我主动走到收银台付了一杯饮料的钱。服务生想说什么，苦于语言不通，欲言又止。

嘿嘿！其实他的心思我明白，但我要显得大智若愚。

天堂金沙岛
（2010年2月7日）

上金沙岛的头一日彻夜未眠，翻来覆去地想是因为上岛太兴奋了，还是到了三十岁后睡不着的年纪了？

早餐时和团友们碰头，居然所有喝了7 Eleven饮料的人都没睡着。难怪那饮料那么好喝，敢情是放了兴奋剂的啊！而芭提雅能夜夜笙歌，彻夜不眠，想必也有它的功劳吧。昨晚还自以为大智若愚，其实是大愚弱智！

迷迷糊糊地上了去金沙岛的汽艇，抵达的一刻，我突然有一种眩晕感。那一片美轮美奂的碧蓝瞬间闯进我的眼眸击中我的心脏，使我一时忘记了呼吸。如果真有天堂的话，我相信它就是这种颜色。

我没有随其他团友去游泳或者玩水上项目，而是带上相机去记录这天堂般的美景。我很庆幸穿着一条和海天同色的蓝色翠花吊带裙，它让我和这里的一切融合得那么恰到好处。我尽可能地让白皙的皮肤暴露于太平洋炙热的阳光下，如果我不能带走这里的热

情，我一定要带回一身漂亮的浅小麦肤色。我不断地给陌生人拍照，为她们自然暴露在沙滩上的胴体，为他们在波峰浪谷中穿梭时坚毅的背影，为他们和我一样的对大海不遗余力的挚爱。我也不断地让陌生人为我拍照，让他们见证我此时此刻那颗快乐单纯的心。

也许真有一天，我可以放下家乡的一切，到这样的一个海边小岛来度过余生，就像《肖申克的救赎》里的 Andy，微笑着跨越无尽的困苦，到达了梦想中那片没有记忆的海洋。在那里，过那种纯粹的生活，任岁月无声无息地掠过，直到白发苍苍。

不过，趁我一头的黑发还健在，我得让它们尽情挥甩漂亮的光泽。于是我让四位泰国“水汪汪”（泰国称25岁以下的女人为“水晶晶”，25-40岁的女人为“水汪汪”，40岁以上的女人为“水干干”）为我辫了一头密密麻麻的非洲辫。甩着劈啪作响的锡纸小辫，赤着脚，在海滩上追浪逐花，时间仿佛倒退了几百年，恍惚间我看到了一个印第安的土著老姑娘……

从岛上回来后便去享受泰式按摩，被泰国的“水干干”浑身上下一阵折腾后，顿感筋络舒和了好多。再品上两碗燕窝鱼翅汤，数日来积累的疲劳顿时荡然无存。

绝美的人妖

（2010年2月8日）

泰国的人妖是不得不提的，这似乎是他们文化的重要组成部分，虽然有些畸形。作为女人，提及时又多少让我有点自惭形秽。娇羞的容貌、曼妙的身段、嫩滑的肌肤，她们实在是比女人还要女人。尤其是东方公主游轮上的人妖，她们的香艳媚态和翩跹舞姿无不让满船游客为之哗然、倾倒和折服。不断有男人们蜂拥而上，连女人们也兴奋得跃跃欲试。捏乳房的，掐腰身的，合影的，争先恐后，兴奋不已。有一个不知哪国的老爷爷，戴着眼镜，花白的头发，被人妖剐了上衣、褪了外裤，仅穿一白裤衩儿在疯狂的人群中玩得异常 High，看得我目瞪口呆。

我也掏了几个20铢，怀着一颗探究的心，小心翼翼地捏了捏她们身上的某些敏感部位，好细腻好有弹性哦，跟真的一样！心里莫名涌出一股似咸似苦似酸说不出的怪怪的滋味。

微笑的国度

（2010年2月9日）

一直到离开的早上，我才想起“行摄”匆匆的几日泰国之行，始终没到当地僻静的小巷去走走看看，那里应该有活色生香的市井百态。好在离去机场还有两个小时，便端着相机到酒店后的一条菜市场去寻找当地百姓的平常生活。

即使是早晨，即使是漫步，出酒店没多步，脸上就已渗出了一层细密的汗珠。泰国真热啊！但是炎热的气候并没有造就泰国人急躁热烈的性格。相反，也许因为佛教的熏染，泰国人虔诚、谦逊，对人轻言软语，总以微笑相待。在本应该喧扰嘈杂的菜市场居然井然有序、悄无声息，当我正犹豫在这里随意给人拍照是否礼貌时，一些小摊贩已对我舒展开灿烂的微笑。我知道她们是在暗示我她们愿意面对镜头，她们甚至愿意不厌其烦地对着镜头微笑，直到我拍到满意为止。用LCD回放时，她们会看得乐不可支。很诧异在这样一个混杂了蔬菜、肉禽、鱼鲜各种奇杂怪味的地方，她们会笑得那么由衷和满足。有好几次，一群抽烟闲聊的男人，一群在树荫下等生意的摩的司机主动向我招手，让我给他们拍照，还很认真地变换着不同的姿势。拍完了，他们也不要求看，也不索要小费，只是很诚恳地微笑着和我挥手告别。

忽然明白了为什么书上称这是个微笑的国度，他们的微笑是此行中最美最温暖的风景。

而我早起的收获不仅于此。

在菜市场，居然看到了一个手捧钵盆的赤脚僧人正在化缘。他每走到一个摊位前，都会略微欠身，小贩们便将备好的食物小心放入钵盆。当看到施主们虔诚恭敬奉上自己的敬献时，我的内心忽然被莫名地感染和感动了。我想，他们是把对至高无上的佛的感情，寄托在他的使者身上吧。

有信仰真好，心有所皈依，永远都不会觉得孤独。不像我，遇到难事总是一个人冥思苦想孤军作战。真想也找个佛，求一求，拜一拜，帮我迈过2009年的这道坎儿。

离开泰国仍旧乘坐阿联酋航空公司的波音777，没有来时的激动，至少没有粘着阿拉伯空姐没完没了地照相，也没有把午餐用的碗碟刀叉宝贝似的回收到自己的手提袋。就连坐在身边的一个迪拜帅哥，我也视若不见，懒得搭腔。

下午5时，回到香港。团队在这里解散，大家各自飘零，就像秋天里的落叶。

团队里有一个六岁的小男孩，聪明帅气。他从泰国到香港一路尾巴似的跟着我，却把自己的爸爸、妈妈、姐姐、奶奶统统丢一边。他说他第二喜欢爸爸、妈妈，最喜欢的人是我。真是受宠若惊啊！他还特别把他身上所有的硬币（泰币、港币、人民币）都赠送给了我，并和我约好以后每年一块儿出国旅游两次。真是个有大志向的小家伙！

在香港机场，我们临时决定组成新的小团队，一同去玩香港的迪士尼，即时兑现了与小家伙的约定。

迪士尼乐园是美国人创造的一个童话世界，是一个孩子们游戏的天堂。只是这天堂的门票有点贵：350港币。

牵着小男孩走进迪士尼，空气中充溢着快乐分子。音乐、气球、彩带、卡通动物、盛装小朋友，让人恍然走进了缤纷的童话王国。在这里，自然而然就忘了自己的年龄、自

己的身份，甚至连自己是谁都模糊了，只知道这里离纷繁的现实世界很远很远，处处充满了神秘奇幻和惊险刺激。我们忘乎所以地疯狂玩耍，在咖啡杯内旋转，到森林河流探险，骑旋转木马，乘太空飞碟，看动感电影，飞越太空山……我们会把冰激凌吃得满手满脸，用花绳彩带把彼此缠绕得寸步不离，跟着花车跑前跑后，看一个个装扮艳丽的动画角色：幽默的唐老鸭、欢快的小鹿班比、美丽优雅的白雪公主、气质高贵的灰姑娘、好奇健壮的人猿泰山……这真是一场盛大而完美的狂欢。

在一片欢乐中，我突然悟到，在这个世界上，儿童需要童话，成年人何尝不需要童话！

回程。坐高铁由南至北，随着气温的递减，所有关于热带的热情、热诚、热闹的记忆也迅速降温，飞快地离我远去。眼前的皑皑白雪告诉我，一切又回到了从前。可我的思绪仍然停留在温暖的迪士尼乐园里：坐着旋转木马，带着耳机，听着“童话”，展开双臂，在幻想的空中飞翔——那里有温暖和煦的阳光，有天籁般的歌声飘在云彩上，还有一个像童话故事里爱我的天使，带着我，飞越高山，飞过大海，飞向我魂牵梦萦的地方。

那里就是专供欢笑的天堂吗？那就让我留下吧！

晋善晋美

Perfect Shanxi

在这幽深的历史甬道里，
斑驳的光影是时光走过的足迹，
历尽沧桑的回廊有风的低语，
有那么一刻，我迷失于三晋的烟雨。

工作，于大多数人而言就是那根鸡肋吧，吃不饱，丢了就得挨饿。几个月来为单位创刊的事忙得焦头烂额，身心俱疲，虽觉不值，却也无奈。好在发刊式圆满，这让我终于能定下心来干点自己喜欢的事儿了。和同事的山西之行已经过去两个月了，游记却只字未写，这事儿搁在心里，时间久了已浮了一层灰，许多趣事已模糊不清。好在有数码相机里那些鲜活的图片，从蒙尘的记忆中迸射出夺目的光彩，让那段开怀时光乍然重现。

又见平遥

（2010年4月3日）

第二次踏上北上太原的火车，和单位春游的大部队一起。部队里领导干部颇多，这让人多少有些不自在。好在出来玩，不用看领导脸色行事。

车到平遥。一号Boss突发奇想说先玩平遥，再游太原，于是一行人仓促下车。兵荒马乱中，听见全陪导游惊慌失措地向旅行社电话告急，可局面已无法控制。认命吧：领导永远玩我们于掌股之中！导游也概莫能外。

坐在平遥车站的早餐店，一边喝大碗的水果汤，一边等太原的地陪导游放空车过来接我们。晨曦中的古城在慢慢苏醒，空气里浮动着尘埃的味道，熟悉而亲切，思绪情不自禁地飘荡回2006年的冬天。

同样的天色，同样的车站，同样叫嚣的检票员。不同的是在旧时光里还略显年轻的我，难民似的挤在汹涌的返乡大军里，凭着一张假票混上开往太原的火车。一路的有惊无险和遭遇的尴尬，在彼时是绝对超乎想象的战战兢兢如履薄冰，而此刻只是觉得荒诞可笑、温软如斯！

旅行就是这样，过程往往都是辛苦艰险的，经过岁月过滤的回味却都是美好的。

两小时后，导游风尘仆仆地赶到，满脸笑容地与我们打招呼，晋商文化熏染出的导游真是足够雅量。

我们入住的一家私人客栈，是一座典型的四合院，纵长方形，四周高墙围合，封闭的空间阻隔了外面的嘈杂纷扰。古色古香的几案桌椅、细腻精美的木刻砖雕，将这个严谨规整的院落装饰得古意盎然却又生气勃勃。大家等不及入住，先楼上楼下串景点似的把各个厢房观览一番，大抵是想见识旧社会的山西财主过的是怎样艳丽奢华的生活。然后，大家在宅院的天井处集中合影留念，老中青三代满脸春风和睦美满，宛若一个现代版的封建大家庭。

坐环保车游平遥，不知不觉滑进古城2800年的历史甬道。晨光中的街巷光影斑驳，那都是时光走过的痕迹。历尽沧桑的青石小巷、威若城堡的深宅大院、巍峨高大的挑檐牌楼、汇通天下的日升昌记……仿佛都在诉说它曾经的繁华与荣耀。

行至县衙署时，百感交集。想当年，因为假证被围堵在衙门外，虽逃得一劫，但终带着遗憾离开了平遥。一晃四年，故地重返，拂一拂衣袖，扶一扶墨镜，然后大模大样地走进衙门。特别睥睨了一下检票员的脸，可惜那厮双目无珠，表情木然，丝毫没有记得本大小姐的意思。

进去得太容易反倒觉得无趣。县衙署相当于现在的县政府，而我惯来对政府、政权、政治提不起兴趣。于是随着大队人马将大堂、督捕厅、监狱、内院、亲民堂走马观花一番。唯一印象是几个小学生为游客义务讲解时，一板一眼，一斟一酌，颇有导游风范。离开时还特别记下县衙大堂悬挂着的一副楹联：吃百姓之饭穿百姓之衣莫道百姓可欺自己也是百姓；得一官不荣失一官不辱勿说一官无用地方全靠一官。封建社会的官员便已知晓的为官之道，看今日之官员又知多少?

入夜后的平遥，民居小巷内黑漆而沉寂，偶尔一两家门前的大灯笼强睁着猩红的眼睛守护着这方宁静。但如果不小心拐进了明清街，那里的灯红酒绿和喧嚣熙攘会给人猝不及防的惊喜，让人宛若置身另一个世界。林立的商铺、如织的游客，各类古董店、小吃摊看得人眼花缭乱，即使在一个几米见方的小摊位上，也能找到好几样可爱的小玩意。花不多的钱买一些送与朋友，再给自己买了一件扎眼的“西街往事”绿衫，以兹纪念。

回到客栈，和同事（女）迫不及待地脱鞋、上炕、瞎侃，像是在自个儿家。想起北方人“老婆孩子热炕头”的俗语，形容的就是此时此刻的这份如家的气息吧。北方的大炕正方形，横睡竖躺随你，温暖宽绰舒适，连晚上做梦都成了土财主家的千金。

走近晋商

（2010年4月4日）

如果说平遥的日升昌让我见识了银海的波光，那么几处晋商的大宅则让我掂出了金山的分量。

对晋商最初的模糊概念应该是张艺谋的《大红灯笼高高挂》吧。那深宅大院的红灯笼、厚重古朴的花雕门，无一不在悄悄诉说着主人的富贵。随着电影的变焦镜头，我一步步走近晋商，走进乔家大院。

迈过高高的门槛，没有意外的惊喜，眼前的场景完全是电影中的模样。廊庑威严高大，楼宇首尾相继，厅舍富丽堂皇。在一偏房的卧室里，还陈列着巩俐拍戏用过的滴水大床——那描金的花鸟虫鱼仍然鲜活，朱红的底色依旧鲜亮，锦被绣枕像是在等待主人一样。俗话说“富不过三代”，乔家却富了五代，看来非寻常土财主可比。导游说这得归功于乔家严谨的门风。乔家有六不准：一不准纳妾，二不准虐仆，三不准嫖妓，四不准吸毒，五不准赌博，六不准酗酒。乔家后代皆以遵规守矩为荣。听到这儿，我糊涂了，电影里的巩俐不就是妾吗？

嗨，不追究乔家的门风了！正是因为她房檐上魅惑的红灯笼，召唤着成千上万的人从世界各地赶来，让乔家大院的门票年收入由8000元疯长到了3000万元。只可惜毁了这老宅的清静，鱼贯而行的游人和四处叫嚣的喇叭，使原本厚重、内敛的院落变得浮躁不安。乔家的先辈们若在天有灵，不知是会哭还是会笑？还是——保留他一贯的阴郁表情，一语不发。

后又去了王家大院，院落规整，建筑考究大气。兴许没入戏的缘故，游人较少，空阔寥落，倒让人静下心来，细细品味这些老房子中沉积了几百年的岁月印记和家族文化。在曲折迂回的厢房回廊间踱步流连时，似乎一不小心就能在拐弯处与其前世的主人撞个满怀，甚至还会听见她环佩坠地的清鸣……

常家庄园号称三晋儒商第一家族故居。站在庄园的门楼下看《鸟瞰图》，立刻意识到相机里256兆的记忆棒有撑爆的危险。这哪里是私家园林，简直就是个民间故宫。房屋5000余间，楼房50余幢，园林7处，堡门8道，占地60万平方米。老山西人真TMD有钱啊，住的宅院居然比皇宫还大！别说看，就是走一趟也需几天啊。再看庄园内精巧雅致的挑檐牌楼、精雕细琢的影壁花墙、工艺精良的石雕彩绘，更让人瞠目结舌。据说常氏家族当年建造庄园时，不讲进度，只求质量，一个瓦匠一天只准砌200块砖，全部磨棱对缝；每个木工一天只准开10个榫，超过限量者辞退。历时300年终于建成这一中国民间最大的私家园林。

最喜欢常家的杏园。低短曲形的围墙，一边松荫如水，一边花绽暗香。据说常家世代皆有医界名家，行医救人从不收贫家分文，治愈者只需在常家栽杏树几株即可，天长日久，这里的杏树便蔚然成林。杏园子古朴清静，有着一股文人的清气在园中徜徉，温润爽朗，清洁安稳。看来，这里的富商巨贾不仅懂得聚金拢银，更懂得向善积德，施财散仁，这大概就是晋商被称为儒商的原因吧。

五台山拜佛求神

（2010年4月5日）

清明这一天，我们登上五台山，山巅白雪皑皑，一片冰凉圣地。难怪文献说："五台山四月冰融，九月飞雪，夏无炎暑，故又名清凉山。"文献还说："五台山以辟山最早，境地最优，灵最赫，故而名独盛。"所以在四大佛教名山中被奉为魁首。文献还曾说，毛爷爷在此算过一卦，"8341"，奇灵！我此行不远万里，其实也为心中纠结一事，希望能在此求得佛祖的佑护。

五台山虽不及峨嵋、普陀、九华雄伟明亮和金碧辉煌，但最具佛家气质。寺庙一例是灰色的庭院、白色的舍利塔、参天的古柏。里面的僧人，也是一例的表情淡然，目光澄净，与游人和世界都全无干系的样子。而最让人意外的是在这儿请香不要钱，随意拿取。走南闯北这些年，拜佛敬香不花钱的，这还是头一遭。

五爷庙是五台山上香火最旺、许愿最灵的寺庙。传说五爷是龙王的第五个儿子，曾经救过康熙，康熙为感恩而修建此庙！和着大伙儿一起拜过五爷，后又不能确定五爷是否能在众多的祈愿声中辨识出我的声音，于是待同事们都离开，我又悄悄潜回寺庙，在门口取了香，重新走到五爷前。此时，整个庙宇寂籁无声，夕阳暖暖地拂着我的面庞。静心闭目在香雾中，依稀能听到远处的风声、近处的落叶声，以及自己惶惑不安却满怀虔诚的心跳声。希望五爷能满足我卑微的愿望，早日玉成心愿。

拜完佛，便去转经轮。五台山是我国唯一兼有汉藏佛教的道场，因此在这里随处可见黄衣和尚、红衣喇嘛，以及数百个转经筒。络绎不绝的人群无比虔诚地推动一个个经筒，一圈、两圈、三圈……我跟在人群后面，祈祷着转动的经轮转去苦难和折磨，转来幸福和平安。

求神拜佛转经轮仍然是不够的，还得请保护神。导游说许多人烧香请愿却不能如愿，不是因为不灵验不虔诚，而是因为没请对神拜对佛。十二生肖各有自己的保护神，找准自己的保护神方能达成夙愿。导游的伎俩虽然人人皆知，但我还是花数百元请了一尊千手观音系于项上，希望她能保佑我顺心如意。

晚上，宿五台山怀台镇。一直有在旅行地逛夜市游夜景的癖好。但在五台山，刚过七点，便不见人迹车踪，连鬼影子都看不到一个。四面萧索，黑漆肃然，唯能听见清凉河潺潺的流水声和山风嗷嗷的呼啸声。在这月黑风高的冷山谷地，极像鬼片里恐怖阴森的背景音，让人不寒而栗，哪里还敢出门。隔着厚厚的玻璃，屋内却是一个温暖明亮的世界，老老实实在房间里洗个热水澡，泡一壶香茗，和同事边嗑瓜子儿边聊家常，倒也惬意悠然。

悬胆悬空寺空悬胆悬

（2010年4月6日）

早餐后，一号Boss因为一个紧急会议，要提前打道回府。道别时，大家满口遗憾，笑容灿烂。

《笑傲江湖》里说，磁窑口里有一座山，叫翠屏峰。峭壁如镜，山上有座悬空寺，是恒山胜景。告别五台山，沿十八里盘山路继续北行。循着《笑傲江湖》的章回，一头闯进了磁窑口，一座精美别致的木雕楼宇悬挂在悬崖峭壁上，那就是悬空寺了。

曾有人出上联“上海自来水来自海上”，竟有聪慧者对出“山西悬空寺空悬西山”。悬空寺，悬而不空。上载危崖，下临深谷，由十几根碗口粗的木柱支撑着，极像导游形容的“悬空寺，半天高，三根马尾空中吊”。真不知先辈们怎么萌生的如此绝思妙想，硬生生在此绝壁上修建了这一个空中阁楼，却又显得如此浑然天成。

拾级而上，沿石壁栈道上爬，栈道宽处不过一米，窄处仅有尺余。因为年代久远，好些木杆颤颤抖动，走在上面，实在恐慌。贴着石壁，抚着楼梯，手脚并用地连走带爬，形象全无。偶尔看一眼山崖下，更是头晕目眩，心颤腿软，感觉心胆都悬于空中。下楼时，更是毛骨悚然，几平方米大的一间木屋，只有一个狭小的下道口，小屋似有摇摇欲坠之势，使人骤生岌岌可危、自顾不暇之念。

下了寺庙，悬着的心胆才缓缓归位。再回首，久久仰望悬空寺，遥想当年的令狐冲大侠在此飞檐走壁那得何等的功夫和胆识，凭我这点鼠胆还想在江湖上漂，真是自不量力。所幸儿时的侠女梦想只在梦中想了想，而已！

挥一挥手，告别旧时满怀的侠骨柔情，继续上路。

一路风尘，导游如数家珍，讲述着山西各地的名人轶事、名胜古刹、风土人情、典故传说，还给我们唱山西民歌，一首接一首，清亮纯正，悠扬婉转。气氛搅起来了，同事们也跃跃欲试，于是每人出一个节目，个个精彩热闹。有一位平日里特别沉默寡言的同事居然也讲了一个笑话，大家没听出所以然，不笑，独他一人边讲边笑，自我陶醉的傻样逗得一车人笑岔了气。终于，出行这么些天，自我释放的同事们把气氛推到了最高。

佛龛是佛的家
天下是我的家
你说
佛会羡慕我吗

石壁上的美丽精灵

（2010年4月7日）

云冈石窟是此行的最后一站，而精彩往往都是在最后闪亮登场。

对于云冈石窟，早已久慕大名，但当我走进石窟，原本有所准备的心还是震撼了。数万尊造像仿佛是石壁上附着的美丽精灵，生动可爱仿若有鲜活的生命，让人晃若置身一个多彩的神话天国。

石窟的主像皆是高大雄伟，宝相庄严。洞顶是下宽上窄的“草庐顶”，顶礼膜拜的人们只有尽力昂头才能瞻仰到，如此，本来就硕大无朋的佛像就更显得顶天立地了。

石窟四壁满是菩萨、罗汉和飞天的造像，雕饰富丽、技法精湛。其中有描写释迦牟尼从诞生到成佛的故事浮雕，三十三幅如连环画般，内容贯通，构图精巧。特别是悉达多太子骑象回宫的场景，连大象都扬蹄撒欢，惟妙惟肖。飞天们身姿曼妙，怀抱箜篌笙箫，且弹且奏，且歌且舞。看他们欢跃的神情，让我恍若能闻着曼陀罗的香气，看到了那个梦一样的极乐世界。以北魏五位皇帝的模样为原型塑造的佛像，个个气宇轩昂，雍容华贵。当时的老百姓见佛如见天子，拜佛如拜皇帝。帝王们真会玩弄权术愚弄百姓啊!

释迦牟尼佛，因为他是露天大佛，不需要极度昂头便能端详他那丰腴俊秀的脸庞，深炯明澈的眼睛，雍容大度的气派，以及那神秘的、若有所思的微笑。每个站到他面前的人，都会感到心灵的震撼。

除了震撼，身心俱为古人倾倒。我们老祖宗的这些绝世活计，大约以后再不会有了。曾经看过的一个专题片，说古蜀国的金面具现代人以今天的高科技仍无法仿制。为什么呢？最后研究得出的结论是缺少虔诚。古人的一锤一錾，需要长时间的思索，可能凝聚了全部精神寄托和一生的信念，而急功近利的今人是做不到的。

至此，我终于就记忆所及将两个月前的山西之行敲打成了文字：在平遥弥补了四年前的遗憾；在五台山向文殊菩萨请了愿；在恒山拜会了仰慕已久的悬空寺；在云冈石壁上触摸了美丽的精灵……虽然记录得有些蜻蜓点水，有些混沌不清，但好歹，记录了。

此时记录，只为他年记起。

希望它们能成为岁月结绳上的一个记号。他年寻着这个记号，让淡忘的往事在心底重现，而我，便能带着一抹浅笑，在远年的怀想中，和同事们再逛一趟山西。

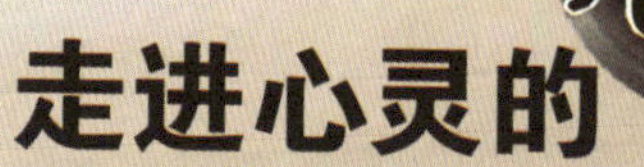

走进心灵的伊甸园

Enter Into Spiritual Eden

在有限的生命里，时不时张开梦想的翅膀，飞翔至远方。

在安静澄明的伊甸园里面对自我、自我收获、收获感恩……

开春以来，一直埋首于暗无天日的琐碎工作。偶尔抬头看看周遭的人，也都一副行色匆匆日理万机的模样。生活的齿轮仿佛越转越快，所有的人都在加速度地跑，好像前方有无尽的美好在等待我们。

直到有一天，一个小同事因疲劳引发脑出血成了永远的植物人。这事儿无异于当头棒喝。我开始怀疑这样无休无止地奔忙究竟是为了什么？难道是就为了飞快着跑到人生的终点？

彷徨间，接到驴友邀我进川的电话，出逃的愿望被激活，我想是该从工作的夹缝中挣脱出来、背包上路的时候了。

我要去一个纯美的清静之处，去寻找在我茫然奔跑时落下的最宝贵的东西——我心灵的伊甸园。

极端天气

（2010年7月17-18日）

星夜兼程地赶赴成都，因暴雨导致山体滑坡掩埋铁路，不得已绕道，20小时的旅程耗了30小时。抵达成都，顾不得洗漱，换乘去川西的旅游大巴。同车的还有来自北京、福州等地的驴友。八天，二十四人，风雨同车，真是不短的行程，不浅的缘分，不可预知的际遇。大家都期待着、憧憬着，心存美好地上路了……

上路时还穿着吊带短裙，中午到雅安时，已全副武装地着上冲锋衣裤和登山鞋，仍感到萧风瑟瑟、凉气袭人。午餐随便找一家路边的川菜馆，几个尖红辣椒下肚，去寒解乏，心情顿时明朗了许多。

午后，沿秀美的青衣江继续西行，穿越国内最长的公路隧道——二郎山隧道（4490米）到折多山，眼前一片青葱翠绿，云雾缭绕，瀑布飞流，恍若仙境。驴友们惊呼，一会儿涌到车左，一会儿扑到车右，晃荡着数码DV狂拍不止。若不是我气定神闲，稳坐如山，估计大巴车早就翻到大渡河里了。

晚7点到达新都桥，下车便看到了日照金山。当地人说常常有人安营扎寨好几天也没有这样的幸运。哈哈！也不看看谁来了。我有点沾沾自喜，只是喜得有点哆嗦！于是掏出箱子里所有的衣服层层套在身上，可还是冷得磕牙。

晚餐后，立马上床，裹粽子一样裹上平生裹过的最厚重的棉被，外带搭上我整箱的衣物，可漫漫长夜将尽，仍然全身冰凉。真是不可思议：在全国一片极端高温天气的挥旗呐喊声中，我却在这守着一夜冷枕寒衾，彻夜无眠。

早起，穿上所有可以穿的衣服，去屋外找太阳。楼下已有好多驴友，端着相机，定格晨雾中的新都桥。新都桥是个谋杀胶片的好地方：公路两旁的藏族村落、相伴而行的涓涓小河、频频出场的牦牛和羊群…… 随意盲拍，都是一幅浓墨重彩的山水画。只是所有的画中，都缺少那么一点红，红红的温暖的太阳！

早餐后，我开始旁敲侧听谁有多带的衣服。梅姐姐说可以捐我一件棉背心，我当下感激涕零。

继续西行，以每小时30公里的时速在海拔4000多米的山路上盘旋。窗外薄雾清弥，风景如画，窗内却沉闷压抑。许多人出现了高反，心慌气短、头痛呕吐，还冒冷汗。我虽暂无不适，但也尽量调匀呼吸，闭目养神。中午到达4657米的海拔时，高反的人越来越多，一个女孩好端端地站着照相，忽然身体笔直地一头栽倒在地上。老古董说头痛愈裂，要打道回府，直心疼得梅姐姐端茶送药，左服右侍。我悻悻地说幸好我命贱，没高反，否则谁照顾我啊！同坐的紫薇自告奋勇地说她会照顾我。这话余音还未散去，她便开始恹恹唧唧，喊心慌腿软，让我帮她拿红景天了。

午餐吃的是60元一条的高山雪鱼。味道实在不敢恭维，但对这种生长在4000米海拔、不怕高反的冷水鱼，我还是心怀敬畏的。

接下来，我们的车在五座高山垭口间盘旋，高尔寺山（海拔4412米）、剪子弯山（海拔4659米）、卡子拉山（海拔4718米）、兔子山（海拔4696米）、海子山(海拔4500米)，每座山对于我们都是严峻的考验。除了高反，大家还要适应温差的变化，随着海拔忽高忽低，大家也就随之加减衣物，忙得不亦哀乎。最惨的是几个晕车加高反的朋友，呕吐得惨无人色，像经历了一场生死浩劫。

可能因为太沉闷，老天爷决定给我们一个惊喜。在翻越传说中龟兔赛跑的兔子山时，风云突变下起大雨，然后天空出现了彩虹，一道、二道、三道、四道……绚丽夺目的彩虹同时飞架天际，那彩虹不停变幻，波谲云诡，尽显妩媚。面对如此惊艳的一幕，全车却没人离位，没人拍照，没人尖叫，所有的人只是虚脱地、苍白地、安静地注视着彩虹——微笑！

神山玛尼堆

（2010年7月20日）

继续颠簸，在高原舒展万里如画一般的风景里：滴翠如屏的森林、幽静深邃的山谷、澄澈静谧的湖泊、繁花似锦的草甸——草甸上星星点点的白色帐篷和黑色牦牛，放眼望去，像镶花的绿毯。在上面打滚晒太阳应该是件很惬意的事吧？真羡慕那些甩着尾巴吃草的牛羊，追逐嬉戏，自由自在，多好啊！不用干活。难怪电影里的男女主角动不动就发毒誓，说下辈子做牛做马怎么怎么的，一定也是觉得做人太累、厌倦了吧！

然后开始遐想：下辈子可能转世成什么，转世在何时、何处，遇到何人……脑袋里臆想的幻景，甚是滑稽可笑，不知不觉自娱自乐间晃过了五个小时，抵达亚丁。

亚丁风景区门口有马帮，30元便可租到一匹马和它的主人。可我的驴友们全部选择徒步。从龙同坝到冲古寺再到珍珠海徒步得一个小时，在接近5000米的海拔徒步一个小时是需要很大的决心的，胸塞、气闷、头痛，举步维艰。我走路基本靠挪，轻抬轻放，不敢说话，那步姿极像小偷入室。沿途有很多玛尼堆，一些藏人在地上捡了石头，用额头碰碰它，口中默诵祈祷词，然后将凝结了心愿的石头放在玛尼堆上。很觉特别，立马效仿。石头都不大，但在这样的海拔捡石头却让我憋得喘不过气来。

拜完一座座充满灵性的玛尼堆，冲古寺的经幡

便蔚为壮观地出现在眼前。五颜六色的经幡拴在无数跨河渡桥的长绳上，与绵延山峦、古寺白塔、参天古木相映生辉。远处云端隐隐约约仙山一座，云遮雾罩中宛若一个纯贞少女，楚楚动人，那便是仙乃日神山了。

大家再也把持不住，开始在镜头前手舞足蹈，那热情，像高空中的烈日一样蓬勃；那舞姿，却不伦不类得让人大跌眼镜也大开眼界。可能是看彼此的水平都旗鼓相当，于是越发跳得纵情狂放，这使原本就怪异的动作变形得不堪入目。于是乎，在这样一个唯美的地方，一群人群魔乱舞。那场景，想象一下吧……

绝对，想象不出来。

当然，我们也为毫无节制的狂欢付出了代价。过度的跳动让我的身体几近虚脱，以至于在回程路上，气喘胸闷，全身发抖，高反终于附体了。

晚上，住在亚丁龙门客栈。如雷贯耳的店名，入住后却大失所望。不过是木板搭建的简陋营地，四平方米大小的房间里没电没锁，还一溜一排，一模一样，一不留神就能走错房间。在客栈的过道上，还摆了三十多张整齐排列的床，那是同行所有男士的下榻之处。

攻略上说，在这里可“感受淳朴的亚丁村藏族家庭生活，体验藏族的人文风情带来的心灵震撼”。我将就过了一夜，尽做了些深更半夜有人推门而入让人毛骨悚然的噩梦，甚是震撼。

朝圣净土 亚丁

（2010年7月21日）

由于头一天的高反让我心有余悸，所以当向导介绍今天的行程是骑特种马上6000米海拔的仙乃日雪山时，我几乎是不假思索地放弃。据说上山的途中会有两次下马徒步，一次在湿地沼泽，一次在80度的陡坡。心想特种马都不能克服的恶劣险境，我一个刚入伙的新“驴”岂不是自不量力？

早上，去开水房打水，遇一帅哥正向藏民打听登仙乃日雪山的徒步线路。在海拔6000米呼吸都困难的地方，徒步登山五小时，真是不可思议！

帅哥说，只要心中有信念。

可我缺少一个支撑我上山的信念。

帅哥说，你就想这辈子只来亚丁一次，你会上吗？

我会。我脱口而出，可高反怎么办？

帅哥说，高反只是一种心理反应。

瞬间，我改变了初衷，并做出了此行最英明的决定。

天蓝草碧，云白风轻。40元骑马到冲古寺，然后乘坐40元的电瓶车到洛绒牛场。司机讲，在洛绒牛场便能看到在世界佛教二十四圣地中排名第十一位的三座雪山。只是它们常年云遮雾罩，难露真面，大概只有一成左右运气极佳的人才能看到它们。我不以为然，因为我属于千分之一成运气极佳的人。

尚未进入牛场，便远远地、清晰地看到环绕于牛场的三座雪山，洁白、峻拔，似利剑直插云霄。北峰仙乃日（海拔6032米）像一尊大佛傲然端坐莲花座；南峰央迈勇（海拔5958米）像一个少女，娴静端庄，冰清玉洁；东峰夏诺多吉（海拔5958米）像少年，雄健刚毅，神采奕奕。雪峰周围角峰林立，千姿百态。车到洛绒牛场（海拔4150米），没看到成群的牛羊，却看到了铺天盖地的花海绚丽烂漫到望不着边际，还有在花海中乱蹦乱跳乱叫乱笑、精神恍若失常的游人。有那么几十秒钟的时间，我的思维停滞、呼吸停滞、按快门的手指停滞、我不知道自己身在何处，我不相信人间会有如此胜境。

我开始犹豫了，仅是洛绒牛场的美景已经足够我耗上一天的时间了。我还有必要冒着高反的危险去登那雪山吗?

“开水房帅哥”的声音在耳畔回响：“一生就来这一次，都到山脚下了。”

上，豁出去了！

买了300元一张的特种马票，然后跟着马帮向仙乃日进发。我的坐骑是一匹高大健硕的枣红马，长而顺滑的鬃毛、滴溜溜的大眼睛、铿锵有力的步履，让人看了信心倍增。牵马的是一个十九岁的小女孩，印着高原红的脸上泛着很淡很纯的微笑，她不由分说地先接过我的背包，煞有介事地讲了诸多注意事项，然后就上路了。

上山的路狭窄而泥泞，20公分宽的山路只容得马的四条腿在一条直线上前行，甚似猫步。只是这猫步不是走在T台，而是在命悬一线的崖间峭壁。马只需一脚踏空，它的小命赔上我的老命，便纵身飞向极乐世界了。

刚上路时，我两眼死盯着它的四条腿，怕有什么闪失。时间长了，视觉疲劳，一抬头看到满眼的雪山、峭壁、陡崖、海子、冰川、鲜花、草场、溪流，一片静谧、安详的世外之境。“行之愈险远，则风景愈奇。”老祖宗说的话真是一点没错。这里还有最纯的生灵、傲视苍穹的神鹰、枝头窜动的松鼠、婉转唱歌的林间小鸟儿……金色纯净的阳光洒在身上，一种融融的暖意在心中升腾，这儿不是我幻想过无数次的伊甸园吗？

如果真的马有失蹄，坠下悬崖也能看到花，然后永世长眠在这花海翠谷之中，每天与雪山为伴，与山雀为伍，听小溪唱歌，陪星星说话，还有享不尽的花香和阳光……

思想尚在神游，却被马夫从马背上拽出梦境，原来已到了一个80度的陡坡处。融化的冰川雪水让原本就险峻的山路泥泞不堪。因为缺氧，上爬不多步，我已气喘如牛，脑袋炸裂般的疼痛。小马夫见我太慢，心里一急，干脆抓住我的胳膊一口气将我拖上了山。不知道她哪来那么大的力气。

有一次，枣红马在一处特陡的高坎，因为后腿差把力上不去，小马夫冲上去抵住它的臀部，居然给托了上去。也是这个地方，下山的时候，我遇到了正往上爬的“开水房帅哥”，兴奋地跟他打招呼。结果脚一滑，顺着陡坡就溜了下去，幸好小马夫灵活，向下冲了几步，一把拽住我，然后像提小鸡似的把我提起来。否则我再往下滑一米，就掉悬崖下了。现在想想，忍不住心里仍是一阵寒战。

谁说的来着：“身处地狱，眼观天堂！”

终于，在克服重重险阻后，我们登上了仙乃日雪山。皑皑白雪静静覆盖着岩石山巅，看起来是那么恬静明朗。雪峰上交错着条条冰川和灰黑色山岩，无言道尽岁月苍凉。深吸一口气，沁人肺腑，有似冰心在玉壶。突然想起一句话："有牙在，可碎冰。"意思是说，人生最幸福的事情就是在年轻的时候敢于尝试和冒险。回想刚刚登山时的艰辛，再看看眼前这样一个超乎想象的奇绝仙境，什么苦都忘了，有的只是又一次超越自己后的欣喜，以及在雪山之顶享受一席凉风的惬意！

当看到山前镶嵌着的那汪碧蓝如玉的牛奶海时，我仿佛被雷击了一般，哑然失声。海子很清，带着浅浅的绿色，玲珑秀雅，仿佛沉睡在岁月的冰河，寂静孤独地默守在雪峰之间，默守着大自然最古老的记忆和最纯净的心灵。

雪峰之中有很多转山的藏民，淳朴而虔诚。据说到亚丁转山朝拜是每一个藏人的夙愿。我随在他们身后，不为探究这夙愿后隐藏的真相，只希望能贴近他们澄净无比填满信仰的心灵。却万万不想在仙乃日身后又看到了一个闪烁七彩光晕、色彩变幻无穷的美丽湖泊五色海！海面碧绿清澈如同一块通透的翡翠，映照着巍巍雪峰，隐隐透着一种遗世的静美。

站在五色海边，静静地看，静静地拍照，没有语言。不是缘于疲惫，因为词穷。

康区 最美丽的地方

（2010年7月22日）

今天是自由散漫的一天，没有行程。

睡到自然醒，看窗外，阴天有零星小雨，看来连太阳都想歇息歇息。

早餐是在一家千挑万选的藏民馆。先点了一壶酥油茶，那味道，尝一口足矣。面条和抄手是用高压锅压出来的，因为空气中氧气不足，烧水不开。连打火机也打不燃，这让烟民老古董很是懊恼了一番。

八个人五十元包车到稻城的色郎乡，途遇大雨，躲进乡政府。办公室主任阿若很热情地招待我们，用他们上好的酥油茶。哇！清香扑鼻，我大夸特夸了一番，但没喝。待雨小些，我们和政府官员们合影告别，然后端着“长枪短炮”闯进民居，一阵狂扫。中午又去席卷了一家“老鸭汤”，只喝得砂锅见底，底朝天。

下午包一辆面的去蚌普寺，寺庙恢弘，名头却不大，想是淡泊宣传的缘故。

寺里面甚是冷清，只见到三两个比我姥姥还老的藏族信徒，蹒跚地推动着笨硕的大经筒。大概是生意不好，寺庙的主持干脆就坐到了大门口，看见我们，稀奇得不得了，亲自领队陪我们在寺内溜达，还洋洋洒洒地给我们讲述寺庙900年的历史。蚌普寺是藏传佛教白教的寺庙，白教的传播主要是靠“口述传承”，所以修炼甚难，至少得三年三个月三天的时间。主持还带我们到后山的岩壁，那儿有一幅蚌普寺的创始人噶玛巴·都钦松巴亲手血书的一段古老文字：“我走遍康区，这里是最美丽的地方。”

对于康区这个最美丽的地方，我印象最深的是寺院门口的一棵枝虬叶尽的老树，几只乌鸦停在上面恋恋不舍。拍照时，恰逢山雨欲来，乌云翻滚，这动静之间的山影古寺、老树昏鸦，正暗合了我人在天涯的情境。

拜谒活佛

（2010年7月23日）

沿318国道原路返回，北纬30度的318国道被《中国国家地理》评为中国人的景观大道，而318国道的川藏段一定是这本书里的经典段落。在这里，随处可见连绵不断的峰峦雪山、深谷飞瀑。晶莹透亮的高原湖泊、开阔原始的河谷草原、山萦水绕的村落瓦舍、一望无边的绿浪青稞……一切能够想象到的、不能够想象到的自然景观都汇聚在这里，让我常常迷幻在神异的方境中，竟不知心该伫留在何方。

很迷恋在这段路上的感觉。懒懒的坐在车上，享受着窗外的美景，或听听高原音乐，或闭目养神，体味一句耳熟能详的话："人生就像一场旅行，不必在乎目的地，在乎的，是沿途的风景，以及看风景的心情。"

中午到达世界第一高城理塘，海拔4114米。太阳仿佛就挂在面前，白云伸手可摘，空气就像水洗过一般清凉透明。理塘曾是茶马古道，商贾云集之地。这里还先后转世过第七世达赖葛桑嘉措、十世达赖喇嘛，所以又被世人尊为"雪域圣地"。

而真正让这个地方声名远扬、名震康巴的不是它的海拔抑或转世灵童，而是因为这里有一个长青春科尔寺。

长青春科尔寺依山而筑，主体宫殿位于寺院最高处，拾级而上，给人步步登天、绝尘归神之感。佛舍内的门窗、内壁、柱梁都绘有线条繁复的壁画，惟妙惟肖，栩栩如生。殿堂的正中是释迦牟尼的镀金铜像，高大威武，富丽堂皇。诸路菩萨我都拜过了，佛祖面前岂能错过，立刻脱帽摘镜、下跪磕头。一位满脸和气的老僧人问我在此有何感悟，我咕噜说了一大堆，却都没说到点子上，老僧人提示性地问有没有感觉这儿像天堂。我怔了半晌，好像没这感觉，但又怕老僧人失望，连连点头称是。老僧人特高兴，赠与我活佛开光后的红绳。我欣喜若狂，想不到撒谎还有奖。

寺庙里随处可见身着红袈裟、头戴黄色发帽的喇嘛。最喜欢看到的还是那些古灵精怪的小喇嘛。他们见我端着相机，毫不避讳地盯着镜头摆出最酷的姿势，很是自然真实。很快一大群六七岁的小喇嘛人来疯似的聚拢来抢镜头，一时让我和甜甜应接不暇。我掏出所有的巧克力散发给他们，作为对他们通力合作的奖赏。

或许投缘吧，有两个小喇嘛示意我跟着他们走。他俩带着我穿房走巷，进入一间幽暗的房子——第四世夏坝活佛的禅房。突然地面对活佛让我愕然失语，不知所措。斗室萤灯，亲和的活佛打坐在床榻上，一种难以言喻的法力环绕在他四周，竟使我站在他的对面，不敢妄语，不敢菲薄。很想请求活佛赐我一件护身宝物，却不知道怎么开口。夏坝活佛仿佛看出了我的心思，取出两根开过光的平安绳给我系上，祝我心想事成。

晚餐是在新都桥的藏民家中，有酥油茶、酥油饼、酸奶酪、青稞酒，品种丰盛但难以下咽。藏家的小女儿桑巴很是大方，给我们讲藏餐的做法和吃法。小女孩说她准备考中央民族大学，但愿能如愿以偿。

篝火晚会上的羊和“狼”

（2010年7月24日）

原本计划去丹巴美人谷的，却因为泥石流滑坡，交通受阻，临时改道去木格措。木格措是一处湖水与温泉交融的高原湖泊，坦荡无垠的湖面如同一块美玉镶嵌在无边的群山之中，美得让人屏息。这里还有近百泉眼的沸泉群，其中一眼泉水温高达95度，可以煮熟鸡蛋，甚是稀奇。

游完木格措，沿大渡河而下到泸定桥。站在悬空而架的桥上，依稀能想起小时候黑白片上那十八勇士飞夺泸定桥惊心动魄的场景。今天的泸定桥，厚厚的木板铺得四平八稳，桥下的大渡河也波澜不兴，如织的游人穿着租借的红军服快乐地留影，一片安定祥和。

吃完晚饭，大家向海螺沟方向进发，那儿有一场篝火晚会在等着我们。原来想象的是，璀璨如钻的星空下，一群人围坐篝火旁，一边品青稞酒，一边撕咬香喷喷的羊肉……

进入现场，完全是另一幅景观：封闭式的一个大棚，棚中间有熊熊燃烧的篝火，火上有四只被剥光皮的羊被支在烧烤架上转悠，四周是七八百双虎视眈眈的眼睛，眼神充满了“这够吃吗”的疑惑。

晚会开始，主持人首先引导着我们用无名指沾青稞酒撒向天，撒向地，撒向亲朋好友，像小孩子玩家家。然后教了我们几句藏语，“冲恸”是喝酒，结果被大家玩笑地曲解为喝酒了就“冲动”；帅哥叫“silong”，美女叫“simo”，大家则将它们模糊记忆为“色狼”和“色魔”。

第一个互动节目是在场的所有“色狼”、“色魔”将篝火围成三圈，跟着三四年轻帅气的藏族“色狼”跳西藏舞。音乐响起，棚子里顿成一片欢腾的海洋。那声浪一浪高过一浪，直要把顶子掀翻了去。尤其是那些“色魔”们，两眼放光，“冲恸”癫狂。舞者如痴如醉，观者心驰神往。主持人还一旁煽风点火，说跳到最后的可获大奖。我跳得异常卖力，全身香汗淋漓仍乐此不疲。当然不为大奖，只为借机闻一闻篝火架上的烤羊香。

接着又玩“格桑花开开几朵”，一群人按主持人口令，喊几朵就几个人抱在一起，没找到堆儿的就被淘汰。最后的三个获胜者如愿以偿地获得了大奖：三杯青稞酒，外带表演节目。哈哈！这个大奖顿时笑翻全场。

缘分 让我们相遇

（2010年7月25-27日）

回程。一路上遭遇几处泥石流、山体滑坡，但都有惊无险。海拔渐渐回复到1000米，高反逐渐遁去，大家心情也格外轻松舒畅。有好几个在川西买了氧气罐却没用的朋友，生怕可惜了似的在车上开瓶猛吸，还传给大家伙吸。完全塑料味，我不敢多吸，怕上了瘾，回家到处找塑料闻。吸完氧气，福建的阿亦组织大家玩起“杀人游戏”，完全是小儿科的游戏，却玩得很带劲。

因为，分别在即。

八天的情谊让大家难舍难分，向导给大家唱了首离别的歌，有些走调，但歌词很煽情。甜甜即兴发表了告别演说，说着说着就哽咽了。旅程结束，一切都将恢复成原来的模样，按时上班，有序生活，吸食人间烟火，继续平乏的每一天。但曾经的感动和真情，无论会在心中驻留多久，生活还是会有些不同了吧。

回首川西之行，除了让人感动的风物美景和淳朴的藏族风情，还为一路上缘分的相遇深感庆幸。

感谢“自由行”的驴友，与我相携着走过了难忘的八天，在记忆的年轮里刻下深深的一圈。

感谢“开水房帅哥”，在我退缩的时候，给我信念，让我没有与人间胜境失之交臂。

感谢小马夫，在我跌下深谷的瞬间，拉住了我，让我顿悟生命稍纵即逝的脆弱。

亦感谢自己，在有限的生命里，去远方，给自己一个安静澄明、面对自我的机会，体会了信仰，懂得了感恩，还收获了那么多的美好，供自己在以后漫长的岁月中慢慢回味，细细品尝……

微笑 如莲盛开

Smile Like A Blossoming Lotus Flower

那是一种历经劫难的力量，残缺而忧郁；
那是一种无可退缩的力量，宁静而恒远；
那是一种穿越时空的力量，雍容而大气。
——高棉的微笑，就是那涅槃的莲花。

2010年已接近尾声，浑浑噩噩的又一年，看似漫长，可是当北风吹来的时候，它就像一片轻轻的树叶，一下子就被吹走了。只留下我，仍然蜷缩在温暖的被窝里，继续我那些遥不可及的梦。梦里面有许多微笑的脸、无数盛开的莲、一个邂逅浪漫的渡口、一扇半启的百叶窗……我和一帮人自由快乐地聊天，动情时哼一首幽婉的歌，动心时写两首美丽的诗……无忧无虑地过着想要的生活。

穿越梦境

（2010年12月14-15日）

因为有梦，生命便充满无限可能。

按照刚才的梦想台本，我得在19:49以前赶到武汉，然后搭乘Z23火车到深圳，乘游艇过关到香港机场，搭乘VN763航班到越南的西贡，再转机到柬埔寨的暹粒，去揭开世界七大奇迹之一吴哥窟的神秘面纱。

一旦确定了要去的地方，旅行中最大的困难就已经解决了。那么，就出发吧！出门时，天空开始飘雪。2010年的第一场雪，冰凉地落在眉眼上、唇齿间。拖着行李游走在街头，不觉得冷也不感到孤独。或许这得益于我骨子里天生的不安分。打小就是个流浪女，喜欢飘萍般的生活。即使是今天被物质宠坏了的我，贪恋花衣美食，耽于安逸舒适，但只要有时间，我还是会暂时偏离生活的轨道，告别熟悉的生活，孤身上路，去寻找未知的奇遇。

经历告诉我，我不是那种会让歹人产生歹意的女子。我曾经问老妈，怎么放心让我孤身一人四处游荡。老妈说，因为你长得很安全。她指的是我太平公主般的身段。坦白地说，我从未为自己的身材自惭形秽过，因为它带给我几十年来的安全感远远超过心里偶尔作祟的虚荣。

从宜昌—武汉—深圳—香港—西贡，沿途顺利。而此刻已坐在越南航空公司的VN763航班上，穿越云层，奔向我的梦境之地。闭上眼睛，我能听到热带雨林潮热的风从耳畔吹过，我能触摸到湄公河的水在指尖流淌，我知道那是我需要的精神养分，它能使我的心灵和面颊重新充盈饱满。

柬埔寨时间20:00（北京时间21:00），飞机在暹粒国际机场徐徐降落。

办理入境手续时，我递出护照和入境单，假模假式的海关官员一边游离着他那双狡诈的小眼睛，一边用手指敲打放在桌面的一张10元人民币。索贿？凭什么啊！我老妈平日里为几块钱能在菜市场和人争得面红耳赤，我却要在这把钱白送给一个贪腐小人，长得还不帅。我装糊涂地一会儿看天花板，一会儿瞧水泥地，就不把眼风落在他那只敲肿了的食指上。他终于忍无可忍，在我的护照上愤怒地盖了两个戳，然后怒不可遏地甩给我。我不生气，相反有一种打败洋鬼子、外带赚了10元菜钱的快感。

走出机场，湿热瞬间把我包围。忽然想起昨天早上的梦，似曾相识，看来我已完成了五次穿越，成功地到达了梦境之地。

高棉的微笑

（2010年12月16日）

清晨，刺目的阳光将我唤醒。只听说柬埔寨的太阳超热情，却不知道它还能叫早。

四星级酒店的早餐品种繁多，特别是水果，琳琅满目，娇鲜欲滴。我不选好吃的，只选没吃过的，盛了满满两大盘，在室外游泳池旁的一张餐桌上慢慢享用。这里像一个临时组成的“联合国”，客人们来自五洲四海，种族不同，肤色各异，但只要对面相遇，均和悦可亲地点头微笑，彬彬有礼地相互招呼。服务员的微笑里，看不出卑微的逢迎，只有谦恭的热诚。看着他们，淡淡的微笑也会传染，不自觉地也挂上我的嘴角。在这样静谧的早晨，坐在充满异国情调的水光之间，享受着温文尔雅的气氛和丰盛的美食，真是人生一大乐事！

我们的第一站是巴戎庙。它是加亚巴尔曼七世的国庙，由54座巨型的佛塔组成，每座佛塔上都雕刻有一尊四面佛，总计多达216张脸，每张脸几乎一个模样：眼睛微闭，嘴角轻扬，大大的脸庞，似笑非笑。据说，当时的国王，为了显示自己的威仪，命工匠按照他的相貌，打造了四面佛，安置在这里，供人们祭拜。这国王也算是自恋到极点了。现在，这些自恋的杰作被学者们奉为“神秘的高棉微笑”。那是一张持续了千年的笑脸。每每抬头望去，目力所及之处总能看见，或远或近，或大或小，似乎都在微笑地看着我，又似乎在微笑地看着地面上的每一个人，平和而安详，却有着摄人心魄的力量。

塔布隆寺的出名，缘于Angelina Julia和《古墓丽影》。出门前还专门在网上下载了这部电影，预习了一遍里面的景致。这里是树与石头的世界，它们相互纠结，相互缠绕，亲密得好像不分你我，又好像要拼个你死我活。难怪《五月盛放》里说：“树和塔是两名相互抓着对方的摔跤手，只是这场比赛不是用分钟而是以世纪来计时的。”

我不知道这些树的名称，分辨不出那些攀附在巨石之上的，到底是树枝还是树根，更不明白为什么它们能如此富有生命力。树木盘根错节，从屋顶上倾泻而下，再向四面八方铺展开来，将石头紧紧揽在怀里。石构的建筑也听凭树枝的纠缠，不惜被撑破原有的结构。我问导游，树和石纠缠得太紧了，是否会伤害彼此？导游说，如果有一天树死了，这些石头也就垮塌了。它们的生命息息相通，同生共死。内心突然萌生感动，为它们的忠贞坚毅和至死不渝。

起初，在攻略上看到“巴肯山的日落很著名”时，颇觉诧异。因为印象中只有在高山之巅或大海之上才可能见识日升和日落的壮丽。而巴肯山，一座伫立在城市中央，海拔仅600米的小山，何以因日落扬名？我得去看看。

到达山顶时，这里已经人山人海了。面西的方向，能坐的地方都坐满了人；能站的地方，全被摄影师和他们的三脚架、“长炮筒”抢占了。有些人，只是呆呆地坐着，沉沉默，耍耍酷；更多的人，像我这样，提个相机，到处晃悠，大抵也没期望这里的日落有多么惊艳，所以寻思找点更有趣的素材，拍几张照片，表达一下“到此一游”。

周游了一圈，没觉得特别。倒是在上巴肯山的阶梯口，站着不少“色友”，异常投入、着迷地对着上山的人群狂按快门，脸上还洋溢着陶醉、狡黠的微笑。上巴肯山的阶梯异常陡，差不多80度的角。自上向下俯视，是如蚁的人群在手脚并用地向上攀爬，身体的角度和阶梯的角度几乎水平。我顺着“色友”的视线拉动相机的长镜头：洋妞——吊带衫——两个“白半球”——一条“海螺沟”。嘿嘿——真是——风景这边更好！

有时候，单纯的风景未必有多少吸引力，倒是因为有了这些鲜活的人，而变得活色生香。我后来向团友们炫耀我拍的“走光照”，不想有一位中年男不屑地把他的相机递给我说，看看我的！他也拍了不少洋妞，区别是我从上往下拍，他从下往上拍：洋妞——超短裙——两条“萝卜腿”——一条更大的“海螺沟”。哈哈！

我终于明白了，为什么巴肯山会吸引那么多的人。

日落，踏着准点的步子，不疾不徐地向我们走来。它一寸一寸向下移动，好像在依依不舍地告别这人间大地。暖暖的余晖，给天空的云彩镀上了一层金黄色的漆，好像要把这色彩斑斓的大千世界，一起带到地平线之下。放眼望去，沉睡千年的吴哥文明就淹没在这莽莽丛林之间。当年，吴哥的国王，也一度在这山头欣赏日落，得意于他一手打造的王城吧？而今，青山依旧，辉煌不在。只有看日落的人，来了又去，去了又来。世间万物，都是这样，没有常态，没有永恒。

沉思中，听见同行的团友叫我下山。紫霞和金光笼照着她们，微笑的脸显得格外妩媚迷人。

没有女王的宫殿

（2010年12月16日）

导游说，吴哥古迹群里有一个非常经典的地方叫“女王宫”，但此次行程中未安排。如果大家愿意去看看，每人交100元人民币；如果没兴趣，就回酒店睡午觉。

全车沉默，花大几千元大老远跑来，谁是为了在宾馆睡午觉啊！

导游说，不愿意去女王宫的朋友请举个手。

没人举手。估计导游反着问，“愿意去女王宫的朋友请举个手”，也一样没人举。全世界人民都知道中国人含蓄。

导游说，如果大家都没意见，那我现在就开始收钱了。

2600元，三句话就搞定了。

我迅速在笔记本上记下这三句雷人语录，以备日后不时之需。

现在回想，那100元是很超值的。女王宫的美，是摄人魂魄、令人惊叹的美。柔美的建筑式样、精美的雕刻工艺，在阳光下散发出的迷人色调，很容易让人想起一个成语：风情万种。

你以凝固的姿态
守望千年的等待
等待花开　等待我来
等待时光隧道的洞开
那一刻
我们凝望着彼此的精彩

这是一座女王的宫殿，所以特地选用了少见的红色石料，暖而温馨。而这种石料，质地细腻，适宜雕刻。当时的工匠们使出看家本领，把每一块石头都渲染成美轮美奂的艺术品。石面上的每一寸地方都刻满了繁复的花纹和古老的文字。我贪婪地把它们都拍了下来，连带我自己。镜头里，我安静地坐在门框上，模仿着当年女王温婉娴静的神态，面对阳光微笑！

时光雕刻的王城
（2010年12月16日）

吴哥窟，就是柬埔寨的国旗、国徽、钞票上都印着的有五个莲花头的地方，想来它应该是柬埔寨人最大的骄傲吧！就这么一个国宝级的地方，遭遇却极其坎坷：始建于公元9世纪，完成于13世纪，先后两次遭洗劫和破坏，废弃于15世纪，后淹没在丛林莽野之中被人遗忘，直到19世纪被一名法国博物馆学家发现才得以重见天日。从此，这座“雕刻出来的王城”被罩满了光环：“世界文化遗产”、“东方四大奇迹之一”、“世界七大奇迹之一”。如此大起大落的待遇，不知吴哥是该感到欣慰还是心酸。

走进吴哥窟，除了震撼，我想不出更准确的语言来表达我的感受。整个建筑用大石一块块砌成，没有石灰水泥，没有钉子梁柱，实在很难想象它的建造者用怎样的巧思妙想构建了这座宗教圣殿。

第一层是幽深的长廊,墙壁上满是巨型壁画，壁画上的神、仙、王、兵、百姓、象兽生动逼真，隐藏在这些形象背后迷人的典故引人入胜，让人们可以循望时光隧道，看到昔日盛世。

第二层回廊有两千多个婀娜多姿的“阿帕莎拉”仙女浮雕。她们无处不在，墙角下，窗台下，转角处，处处得见芳踪。特别是呈现在天女雕像脸上神秘的微笑，比起蒙娜丽莎的微笑真是有过之而无不及。细细品味这些艺术品，只觉得四处的浮雕仿佛都舞动了起来，空气中弥漫着笑语和花香。

第三层是中心高塔，代表宇宙中心。登上塔顶可以眺望古迹全貌，感受当时吴哥王朝盛极一时的风采。徜徉在这空前绝后叹为观止的古堡里，不禁为千百年前的人类有如此高的艺术造诣而折服，难怪它被授予了世界之最的头衔。现在来看，再多再高的荣誉对它都是实至名归的！

远观吴哥窟，五座莲花佛塔高耸入云，直指天空，与留在面前池塘里的倒影，造就了一个虚幻与现实同在的世界。我们全团二十六人在池塘边集体留影，我在最边缘，跪着，用最虔诚的姿势，表达我五体投地的景仰。景仰吴哥窟的缔造者，他们凭借神的力量，建造出如此传奇美丽的建筑；景仰吴哥窟的发现者，借着蝶的指引，穿越密林探寻到被淹没的文明。

洞里萨湖上的浮村

（2011年12月17日）

如果说吴哥古迹群代表的是柬埔寨辉煌的宗教王权，那么洞里萨湖展现的则是柬埔寨原汁原味的百姓生活。早餐后乘小船游览东南亚最大的淡水湖——洞里萨湖。船老大是一个三十来岁的男人，唯一的船务人员是他的儿子——一个五岁的小男孩。男孩很机灵地给船上每一位貌似大款且面善的人捶背，不痛不痒地捶十来下，然后摊开小手做可怜状。大家觉得挺逗，也就 500、1000 瑞拉地给他。

清晨的洞里萨湖烟波浩渺，清瘦的小船在湖面往来穿梭，像一只只贴着水面飞行的水鸟。湖边是一望无际的芦苇林，以及掩映在芦苇林里的水上浮村，这里世代住着以打鱼为业的水上人家。湖边有许多船屋，用作餐馆、商铺、学校、养猪场、养鸭场……这个湖是他们自给自足的生活的全部，是一个与世隔绝的化外之境。

在游程中，常常有小飞船向我们靠拢，村妇叫卖着冰冻可乐，女童捧着香蕉推销，还有一个男孩跪在船头，嘶哑着嗓子叫卖手中一条碗口粗的蟒蛇。一旦看出客人有购买的意向，他们会飞身跃到我们船上，惊险程度绝不亚于美国大片上的特技表演。即使最后没有成交，生意不在，人情在，大家也会多少给些小费。谁家没有孩子？看着这些七八岁的孩子为了生计，在水上艰难地讨生活，为人父母的都会心疼。

我们的小船在一个水上商店稍做停留，估计是船老大开的店，希望我们能照顾一下生意。很快，许多尖尖船向我们靠拢，船上多是一个妈妈带着她的三四个孩子。她们会打着手语示意我们给她们照相，然后索要小费。幸好在柬埔寨的这两天，我已经习惯了在兜里揣些零钱。

在洞里萨湖随处可见衣衫褴褛、骨瘦如柴的孩子向游人伸手乞讨或是兜售些劣制的小物件。这些有着稚嫩黝黑小脸的孩童个个都是老道的商人。他们会先用熟练的英文或中文和你聊天，拉近彼此的距离，然后再奔主题。我常常被一些兜售旅游小饰品的孩子缠住，她们会不惜跟我走上二里路，不断地用标准的普通话对我重复一句话：“姐姐漂亮，姐姐买项链，姐姐不买项链不漂亮！”

——聪明！只是这么聪明的孩子去读书多好啊！

一路去金边

（2010年12月17日）

午餐后乘车前往柬埔寨的首都——金边。6小时车程，都在听导游给我们讲柬埔寨的内战。我不是一个关注历史的人，对战争更是不感兴趣，尤其痛恨这种自戕的战争，死了连民族英雄、革命烈士都算不上。28年的内战，使这个曾经和平安宁的国家变得腥风血雨、生灵涂炭，人口由600万骤减到300万。而战争时埋下的600万颗地雷，到现在还有200多万颗埋在森林丛莽之中，成了柬埔寨百姓永远的噩梦。

和平时代的柬埔寨百姓是悠闲懒散的。沿途，看到家家户户都有一张吊床，男女老少都躺在里面晃悠，孩子们三五成群地玩着篮球足球，年轻的妇人无所事事地坐在吊脚楼的楼梯口，看路上的行人来来往往……他们的生活，生于贫穷，却安于享受，没有自怜不满，把普通的日子过得安逸而踏实。再想想现在的中国，人人不满现状，处处争权夺利……终于，体面了却没有朋友了，富足了却没有快乐了。

人生，如果太计较会很苦，短短几十年，本该心平气静地度过。

傍晚时分，到达金边。灯红酒绿、衣香鬓影、车水马龙，异常繁华。许多欧式洋房的窗口，投映着暧昧迷离的灯光。相对吴哥，金边就是花花世界，博彩场、声色场一应俱全，供人们挥霍享乐，醉生梦死。

晚餐是在一家五星级的酒店。一楼是气势恢弘的赌场，许多赌佬在里面一掷千金。二楼正在举行一场典雅奢华的婚礼，一身洁白的伴娘赛若天仙，风头盖过了新娘。三楼是高档别致的自助餐厅，开放式厨房“即点即制”，让我享尽了中西各种名肴。想不到柬埔寨居然有这么一个穷奢极欲的所在，完全是欧美风格、皇家派头。

餐毕，团友中有人拿着三万美金去一楼豪赌，我花了100元人民币在房间享受柬式按摩。

一场没有硝烟的战争

（2010年12月18日）

早餐后参观了独立纪念碑，它是为纪念1953年柬埔寨摆脱法国殖民统治、获得完全独立而建的。碑上有象征柬文化的100条蛇神，很有特点。纪念碑旁有一个牙都掉光光、戴着老花镜的卖吊床的光头佬，年岁必是大于纪念碑的，但是因为全身披着五颜六色的吊床，使他老人家显得流光溢彩。

金边的皇宫，有点简化版的泰国皇宫的意思。宫内有百年来皇家收受的珍贵礼品，祖母绿玉佛，镶满钻石的金、银、铜佛。看得眼馋，内心伸出无数双贪婪的手，但终究没敢拿。

坐飞机去越南的西贡。三十分钟的航程，时间不长，却备受煎熬，实在不喜欢这种被悬在空中的感觉。坐我旁边的是一位算命先生，主动要求给我看相。我将信将疑地伸出手，心想借此打发一下时间也好。恐怖的是我的事业、婚姻、家庭就如同写在了手上，被他一一解读，准确率八九不离十。

一直以为秘密都藏在心里，原来全印在手上。看来我以后出门睡觉打盹都得戴手套，以免泄露了银联密码。

出机场，先跟着越南导游去享用地道的越式河粉。露天的餐厅布置得简约雅致，盛开的白色牵牛花爬满了墙壁和花架，空中不时喷洒出雾状水汽，降温解暑，还颇有情调。河粉还是一如既往爽滑细嫩，因为它的香菜配料精良，牛肉地道纯正，所以还未入口，已是香气四溢扑满鼻。原本每人派一碗的，结果，所有人吃完后都对老板喊，再来一碗。把我们的导游心疼得"嗷嗷"直叫，说我们一顿吃了他200万。

200万越南盾也就折合人民币几百元吧。这小子如此夸张，难道是为待会儿从我们身上搜刮钱财埋下的伏笔？

果不其然。第一站他就带我们去一个贝雕工艺品商店，工艺一般，但价格匪夷所思，一大串零后面居然跟一个“＄”，让我们这个极有战斗力的团队一下子就偃了旗息了鼓。

空着手出来，看导游那张心怀叵测、欲壑难填的脸，铁青。

前南越的总统府，初建于1868年，是由当时统治者法国人所建。地下掩体是极具抗炸力的军事指挥所，当年南越政府与美军的反共军事计划皆是在此阴谋策划的。导游的讲解带着很顽固的民族愤懑，他甚至把1975年的“西贡解放”讲成“西贡沦陷”。突然忆起，那场内战，我们中国是帮北越的，而他是南越——美国人的跟屁虫。难怪看我们时，笑意中带着杀意。不明白他脑袋里灌的什么汤，北越南越孰胜孰败，有什么关系。最重要的是国家统一了，战争结束了，百姓安定了，他可以操刀做导游了。这比什么不好?

原本大家都是看风景的心情，一时间群情汹涌，充溢了战争的情绪。偏巧我们团队里有个女孩是战争通，她爷爷就参与过越战。她说，越南二十多年的内战，中国给予了巨大的人力物力支持，这种支持还是在中国人自己都食不果腹的岁月里完成的。那小子很不识趣地说，那中越战争呢? 女孩说，那是一场我们的自卫反击战，那是因为你们越南统一后的忘恩负义，所以才打的一场“惩罚战争”。

好家伙，针尖对麦芒，两人就干上了，唇枪舌剑绝不亚于三十多年前两国的炮火硝烟。

晚上，冲了个凉，然后出门看西贡的夜景。这是一个对我既熟悉又陌生的城市。苗条的马路、苗条的楼房、苗条的美女，完全是几年前看过的河内翻版。只是这里更为繁华喧闹些，并残存着几分殖民时期暧昧迷幻的色彩。虽然已是深夜，可马路上的摩托车如过江之鲫充斥了整个交通，摩登男女们似乎倾城而出，穿着时尚紧身的衣服，戴着五颜六色的头盔，从身边呼啸而过，仿佛要去赶赴一个重要的集会。这是一个走路绝对需要提心吊胆的城市，人行道纯属虚置，红绿灯仅供参考，过马路那得有孙悟空的本事——一个跟头翻过去，否则就马路一边呆着吧！

据说越南700万人，有400万辆摩托车。我一直视骑摩托车的都是不要命的人，没想到越南人个个都是敢死英雄。难怪那么好战——打完内战，打柬越战，再打中越战，和平时期还舌战。导游还恬不知耻地说，再过十年，越南将赶超中国。我看十年后用不着中国出一兵一枪，就这400万摩托车就能把他们自己玩完。

邂逅浪漫的渡口

（2010年12月19日）

杜拉斯的《情人》是我看过的第一部涉及性爱的影片，这部具有里程碑和启蒙意义的影片在我脑海里扎根很深，时过二十年仍不曾磨灭。这部电影也使西贡成为了全世界小资们的爱情圣地，让成千上万追求浪漫的人们从世界各地赶来。我，此行越南其实就一个目的：看看故事的发生地，在范五老大街，在湄公河畔，在那个爱情相遇的渡口，找一丝《情人》遗留的痕迹。

抵达湄公河渡口时，正是晌午时分。灼灼烈日照得我头眼昏花，本想从渡口上的绿女红男中，找找有没有戴毡帽的法国少女和穿西服的中国阔少，结果被太阳烤得彻底断了念想，一门心思地就想找个阴凉的地方。河道上往来着人车混杂的渡船，所有的人行色匆匆，估计和我有着同样想法：哪儿凉快去哪儿。什么浪漫故事啊、旧时情人啊，此时可能还不如一台破空调。

实在惭愧，自命“小资”的一个人，遇热就成“熟女”了。

乘船到泰山岛，岛上有许多身穿奥黛的导购女孩，长发飘飘，腰肢柔曼，回眸一笑，顿生百媚。大家一边吃着热带水果，一边欣赏这些秀色可餐的越南女孩轻歌曼舞。恣意人生，无限美好。

吃完水果餐，我们换乘一叶独木小舟在湄公河支流的一个河道中穿梭逡巡。河道狭窄悠长，两岸高大的棕榈树蓊郁如盖，触手可及。一长串鱼贯的小船在树丛中钻进钻出，平添几分乐趣。船家一前一后划着桨，他们大多戴着锥形帽，穿着民族服装，使得眼前的景象如同流动的水乡风情画，随便拍几张照片都很有味道。导游说越南擅长丛林战和游击战，当年美军就是在这迷宫般的河道里遭遇最顽强的抵抗与反复拉锯的。

回西贡，继续购物。这次是黑檀木、紫檀木和花梨木制成的精美木雕家具，在店里折腾了两小时后，导游才意犹未尽地把我们带出来。几近傍晚，导游总算是把我们带到西贡的几个标志性景点——红教堂、邮政大楼、歌剧院和市政厅，总共给我们的参观时间是一小时。

真想一巴掌把导游拍在市政厅的墙上，抠都抠不下来！

晚餐安排在西贡河畔的豪华游轮上。一边享用晚餐，一边欣赏越南佳丽的歌舞表演及西贡河两岸迷人的夜景。我特别留意岸上装着百叶窗的旧式小洋房，想象着哪一栋会是当年那对小情人幽会的地方。没有头绪，似乎每一扇小窗里都透着“情人”的味道。此时，舞台上恰到好处地传来情歌王子的一首“花样年华”，悠远绵长，细腻忧伤，惹得我呆望着黑漆漆的河水花痴了半晌。嗨！曾经爱的相知，誓的相守，如今都已淹没在历史的滚滚红尘中，随风而逝了。原来神马都是浮云啊！

今天，要回家了。

在机场，大家一边办出境手续，一边愉快地闲聊，随意中不乏难舍的情愫。二十六人六天一路同行，也算是不浅的缘分。

我，是队伍中唯一来自湖北的。团友说我一定是和老公吵了架，所以才独自离家。啊！是这样吗？我俯首低眉无比应景地摆出痛苦欲绝状！

王姐，也是单枪匹马参团，三十年如一日的户内健身使她保持了曼妙身材。有钱、有房、有车，还有显赫的家庭背景。个性清高，要强，更年期型的。好在我大度能容，虽同居一室，也算融洽。

王兄，良田千顷、家财万贯，老婆倒是有一个，还远在国外。吃喝嫖赌，挥金如土，都喊他董事长，我看像黑老帅。能讲笑话，能掐会算，还能写点酸溜溜的小诗，这点让我刮目相看。临别，在他背上贴了张机场即时贴，上书“我是王老五”，结果笑得整架飞机花枝乱颤。

战争女，听爷爷讲打仗的故事长大，所以讲战争是她最大的特长。老公把她看成世界上最大的宝，逢人就说他老婆全世界最漂亮。其实长得还不如我，可情人眼里出西施，没办法。

尼康男，守在阶梯口，用单反机从下向上拍超短裙洋妞是他的最爱。好玩、好色、好酒，好在飞机上调鸡尾酒，好打听各国“鸡价”。问他是不是特喜欢要单边出门玩，他说也不尽然，如果能随身带个小情人，那更——好——玩！

缺心眼，买一条假手链会到处请教，买一双抓鬼的手套还四处炫耀。走哪都黏乎乎地牵着老公的手不知害臊，还常常自我陶醉地说：“我老公永远都不会背叛我的！”看她一脸幸福的傻笑，忽然觉得人缺点心眼也蛮好。

26个人的故事

（2010年12月20日）

傻老帽，自我感觉特好，以为自己是个罕世之宝，没事就数落王姐：“把老公服侍好，免得人老珠黄时，钱财都被‘小三’抢跑。”傻老帽的老婆说此话是含沙射影，勒令傻老帽回家后立马收拾行李走人，除了一条短裤衩，其余东西全部留下。

昆虫佬，爱吃蜘蛛、蚱蜢和蟑螂，还是生吃。蜥蜴、松鼠、五爪金龙也是家常；最爱爱不过田鼠，称其美味可雄霸天下。俗话说，吃什么长什么，细看他，还真长了一副怪物的模样。

牛老汉，大块头，很威武，像军人。老婆只要一眨眼，他就玩失踪。有次家里进了贼，他拿棍子，老婆拿刀，他对老婆说，你，走在前。

宝石王，很城府，很平常，有整套鉴宝工具，不惜重金（二万美金）买下两颗枣子大的蓝宝石。

团队里的每一个人都对我很好，可能因为我是一个独自“离家出走”、“孤苦伶仃”的女人，家还住得最远。好些人让我回深圳后就住她们家，我都谢绝了。这个世界上，人与人之间，没有永远。彼此都只是生命旅程中的过客，就像歌里面唱的那样：“我只是你，中途过站的地方。”所以该分手时，何必留恋。

领队给我们每个人发了一张旅游意见反馈单。我原本是想就越南导游的拜金主义和反共倾向写两句的，可就我那不依不饶的较真劲，估计不写个长篇大论不会搁笔，所以还是省省吧。反正，有人会收拾他。

二十多号人一字排开，把椅子当桌子，开始了“意见书”大赛。

我乐得逍遥，独自逛免税店，去享受在柬埔寨最后两小时的宝贵时光。

待我逛完了，大家的“意见书”也都写完了。

于是“朗诵会”正式开始，大家当众宣读“意见书”。让大家始料不及的是，居然每一篇都是声讨越南导游的檄文，大伙儿读的慷慨激昂，听的义愤填膺。每读完一篇，就有人在下面喊：“精彩，鼓掌！”

“哗啦啦”的掌声响彻候机厅。

途遇年轻的自己

（2010年12月20日）

登上飞机，一身紫红奥黛的越南空姐仍旧是满脸招牌式的微笑，婀娜修长的身段，让人赏心悦目，即使是看着她们飘然而过的背影，都会让人沉湎遐想。

年轻真好！如果能让时光逆转，年轻重来，该多好啊！哪怕只转回去十年。

那时我正在全力以赴地备战TOEFL，冲刺我的终极梦想。在临近终点时，我遇到了一个干扰，我不知道那是一个温柔的陷阱，在不知不觉中陷落，结果葬送了无数个在室温39℃的教室里苦练习题的白天，葬送了无数个靠咖啡熬更守夜的夜晚，葬送了埋藏在心底十年的几乎触手可及的梦想……

时间呼啸而过，残存的只是青春的碎片。

如果时间能够倒流，我一定会小心礼貌地绕过那个干扰，十倍努力地考试、赚钱、留洋。那么，这会儿，我应该在纽约、贝鲁特、哥本哈根、斯德哥尔摩……

有人在拍我：“小姐，您喝什么饮料？”

睁开眼，看到的还是那脸招牌式的微笑。啊！刚才我又梦游了。

我要了一杯红酒，在微醺的绛红色的云彩上，任思绪荡漾。

我也常常庆幸，十年了，我仍然没有忘却年少时的梦想。闭上眼睛，我的脑海里仍是那些五彩斑斓的地方。我知道那些地方因我而存在，就像梦想是为了实现而存在。

静坐在舷窗边，时光的风，从头顶掠过。

我知道待我再次睁开眼睛，就又一次完成了穿越，回到了熟悉的故乡。除了皮肤上这层新镀上的蜜色的釉，表面上没有什么不同。真喜欢这身新皮肤，分享着我隐秘的快乐。有一天我老了，很老了，或许会安静地留在一个地方，慢慢地翻看自己的故事，慢慢地回想，然后为自己能在这个世上留下一些足迹而感动，为自己曾经经历的旅程而热泪盈眶。

我想我的一生可能就是这样，一名不文，走遍天涯。我不知道我的人生还有几个十年，但我会一如既往地坚持，坚持走向那些在梦中等待我的地方。

面带微笑！

"醉"美婺源
Beauty Of Wuyuan
寻觅一片洁净的土壤，种下对诗情画意的幻想。
挑选一间临水的房，坐看水乡华灯初上。

三月，漫山的草木苏醒在葱茏的氤氲烟霞之中，水畔的桃花按捺不住地含苞欲放，就像我蛰伏了一冬蠢蠢欲动的心，急需春光的沐照。终于，当春的序幕被缓缓拉开时，我和单位的同事走在了去往婺源的路上，奔赴心之深处那一场油菜花的约会。

陶醉在花的海洋
（2011年3月28日）

曾经去过婺源，却不是油菜花开的季节。

那是一段至善至美的记忆。精巧雅致的小村落，水灵动，桥简约，屋古朴，似画。朋友说，如果画上有油菜花，那更是无上的美了。

当时就想，再去婺源，一定选在初春三月油菜花开的时候。只是想了想，2011 年的初春，我真的又来了。

天气异乎寻常的好，阳光天衣无缝地辉泽着万物。

路畔的油菜花，横无际涯。它们大片小块儿，错落有致地逶迤而列，穿着金黄的舞裙，像一支姿态矫健的啦啦队，在田野里跳着春天的舞蹈，它们舞得那么热情、炫目、惊喜，仿佛是欢迎我的重来。

江岭，是婺源看油菜花的最佳位置。层层叠叠的梯田，从山脚一直延伸到山顶，犹如万级金梯。微风拂过，此起彼伏着金色的波浪。在大片的金黄中，偶尔串出几支白色的萝卜花、紫色的草籽花，间或点缀几幢白墙灰瓦的徽派老房。放眼望去，一片春阳涂暖、绚烂生动的田园风光。

走进油菜花的海洋，那些黄色的小精灵立刻挤挤攘攘笑意盈盈一潮一潮地涌过来，淹没了我的眼再漫过我的心。很喜欢这种开得短暂却开得猛烈的花，有不顾一切的狠劲，有挺直腰杆的傲然，还有借着团体的力量成就生命大美的乐观洒脱。

我义不容辞地为几个好姐妹拍照，看她们在油菜花丛里搔姿弄首，争芳斗艳，甚是开怀。有个姐姐在菜花田里覆去翻来地摆Pose，誓有不拍张封面照决不罢休的劲头。看着取景框里陶醉灿烂的笑脸，我豁然明白，这一路的颠簸和疲惫，不就是为了在这幅诗画中找到一处平复浮华、安放心情的地方吗！

快门尚未按下，姐姐已换了造型，兴奋地大喊："这里，这里，再拍一张！"

迷醉在悠然的宅巷

（2011年3月28日）

踏进婺源的李坑，恍若到了周庄，似曾相识的小桥流水、黛瓦粉墙，连家家门楼上挑着的红灯笼都一模一样。

村口有些写生的学生，画板上是清一色的小河、清一色的马头墙，青青的石板路蜿蜒至拱桥旁，有村妇在桥下浣衣，有老翁撑着竹排溯溪而上……这样的地方随意落笔，都是一幅绝美的水墨丹青。

随着鱼贯而行的游人穿梭在小巷，满眼都是古旧，带着掩饰不住的沧桑。那些曾经华丽繁复的木刻雕花，如今大半已经剥落佚失，剩下的也是面目模糊，带着烟熏火燎后的黝黑和黯然。巷子很窄，左边楼墙上的红灯笼，从右边楼房的阳台上一伸手就可以点燃。这种信任的距离，能让左邻右舍如自家人般亲近吧。

小心推开一扇斑驳的门扉，门内的人家兀自吃着饭，对于我们的贸然闯入丝毫不以为忤。暗淡的光从天井口泻下来，轻抚着古旧的窗棂、雕花的梁柱，阅读着或明或暗的历史，感叹着光阴的荏苒。临走时我再次回望，安静的人家依然沉静在出世的淡然里，好像我们的闯入和离开，只是门外吹来又吹去的一阵风……

沿着青石小巷一路叩问过去，左弯右拐，恍若迷宫。一脚踏进去，半天出不来。游历间，眼睛总情不自禁地流盼当地人家门口摆着的小吃摊。有姜糖、糯米子糕、木心果……味道一家比一家好。于是边走边尝，边尝边拿，却不掏钱。掏钱买的，吃得不香。

卖家也淡然，对偷拿白吃的我等，见如不见。反正是点小本生意，做大做小无所谓，买与不买都随缘，只是想守着祖辈留下的这方摊位。他们参透了生活的真义，明晓太贫太富都是负担。所以，不计较，不生气，从容做买卖，平淡过日子。

有个爱喝鲜榨甘蔗汁的姐姐，寻到了一家便挪不动步了。她专注于手摇机里汩汩流出的甘蔗汁，我却在留意榨汁的姑娘：清丽的容颜、蜡染的衣衫，举手投足、一颦一笑中不事雕琢，一如她生活的这座古老村落，无论世事变迁，始终保持原貌，固守本真。

铅华洗尽，本真才是最美！

迷醉在异乡的春夜

（2011年3月28日）

玩疲了，逛累了，便会想起家，想起买点什么与家人分享。

沿街林立的铺面摆着各色小玩意。大家走走停停，有人买了江老师亲笔手书的纸扇、四个指头的痒痒挠，还有和我一样的傻人不惜迢迢千里买了霉干菜带回家。都只需花些小钱，回去可能也用不上，却表达了一份牵挂。

同事们买的最多的是酒，当地人在自家作坊里酿的。有青梅酒、血糯酒、猕猴桃酒……青黄的竹筒盛着，看着就有尝一口的愿望。

婺源，最后的晚餐。大家把酒摆在桌上，满满五斤，看架势，不干倒两个，不甘心回家。

青梅酒的度数不高（14度），甘洌爽口，很有果酒的意思。想是醉不倒人的，所以一仰头，一杯酒，大家喝得酣畅淋漓。

几个姐姐也放下素日的文雅矜持，破天荒地端了酒杯。生活在喧嚣城市里的人，大抵骨子里都拥有一方田园的梦想。呷一口山村米酒，日子里的暖与好，便一点一点由口入心，由心生情。

酒兴上来了，酒就换了。53度的血糯酒，辛辣香醇，抿上一小口，便让人微醺。下酒总需“酒菜”，找点笑资。于是大家锁定一男三女，荤的素的群而攻之。四个主角也极其配合，唯恐大家描得不黑，还帮着添墨加汁。

漫不经心地走进古巷
推开那些虚掩的门窗
和酒香
浅浅地呷一口
便尝到了古村历史的悠长

一时间，这些下酒的“佐料”比酒本身的劲还大，让人忍俊不禁，或捧腹，或喷饭，笑倒一方。

酒喝到一定的境界便有人开始讨酒喝了。

于是又上了清华婺。这酒里必是下了什么迷药，三杯两盏后，大家的称呼都变了，宝哥哥啊，林妹妹的，尽说些疯疯癫癫的话。连平日最正经八百的人，也冷不丁地冒出一两句荤话，笑得全座人仰马翻，泪眼婆娑。

微醺中，一桌沸腾的灵魂，端着酒杯，在这异乡的春夜里，只说烂漫，不诉沧桑。平日里的枝枝节节、磕磕绊绊统统烟消云散，只有酒杯在亲热地碰撞。人生就应该这样，活在瞬间，活在当下。我相信无论以后的时光走多远，这一夜的酒，和酒后大家吐出的至情至欢的佳话，都会一直存在大家的脑海里。在沧桑岁月的每一次回望中，让人心生温暖，回味绵长……

西域苦旅

Trip Of Hardships To The West

西风烈烈，边关漫漫。我的行囊已被一路风尘蒙满，但收获更多的是广袤西域给予我内心的满足和震撼。当我回味那些镌刻于心的片段时，有丝丝沁人心脾、葡萄美酒般的甘甜。

回家已有些时日了，每每朋友问及此行的感言，回答总是："太远了，太苦了！"

远得，不堪回首；苦得，无以言表！

二十天，走了二万五千里，行程在地图上几乎绕了半个中国。饿了，啃两口馕；累了，就在荒野扎帐。白天，一路奔袭，仿佛身后有百万追兵；晚上，高反睡不着，只能听帐篷外野兽的彻夜嗥叫。那时，满脑袋就一个念想："洗个热水澡，吃碗热乎饭，有张温软的床，该多好啊！"这奢望常常让我热泪盈眶。

很多次走在无人区，任凭龙卷风、沙尘暴在眼前肆虐；还有冰雹，砸得我无处躲藏；隔三岔五还能收到朋友的安全提示短信……于是乎，即使光天白日见到几个帅点儿的异族汉子，也不敢多看两眼；夜半三更听到点风吹草动，就心惊肉跳。

身、心那个苦啊！

好在，一切都已过去！

此刻，窗外是炎炎夏日，屋内凉风习习。思绪情不自禁地又神游到那个遥远的地方，记忆的碎片在脑海中时隐时现，闪烁着烟花般夺目的光芒。该用文字细细整理一下了吧，或许记忆之绳还能串出一挂风铃的。风吹过时，它便在心之一隅叮叮咚咚，灵犀闪动。再品读时，它已成为了人生的一笔宝贵财富，一份苦过之后才知道的幸福！

眺望遥远的地方

（2011年7月16日）

其实，出发前，是一段惴惴煎熬的日子。

儿子考学的不确定、在选择新疆和西藏两条线路上的举棋不定，使那段日子变得莫名的浮躁和烦乱。临到上车出发了，心才渐渐安定。

上路的第一天总是最兴奋的吧。大家憧憬着同一个遥远的所在，心朝着同一个方向眺望！那个方向有大漠风沙、葡萄美酒和美丽的维族姑娘。有香喷喷的羊肉串、鲜美的手抓饭，还可以围着火炉啃西瓜……（口水已开始在肚内流淌。）

只是，回来时，同车的九人不会变形成九头肥羊吧？嘿嘿!

好在没人理睬我的窃笑。每次长途我总是坐最末排，无需与人搭讪，也少被人打搅：予人方便，予己自在。角落，永远是我的天堂，可以张开想象的翅膀任意飞翔。

比我更敢于想象的是陈队，他握着方向盘，正豪言壮语："今天经宜昌—西安—天水，晚上宿麦积山！"

同伴们有的说："你以为你开的是F1哦！"有的说："你以为你的手膀子是对翅膀哦！"还有的说："你是在说梦话，还是在讲笑话哦？"

反正我是当他在讲笑话。

直到深夜12时，当我拖着麻木的双腿一瘸一拐地下车时，当麦积山影影绰绰的身影和墨蓝色的星空恍恍惚惚出现在眼前时（至今我都不确定那晚看到的繁星是真实的，还是饿出的幻觉），我才领教到，陈队，不是一个开玩笑的人，他是偏执赶路的狂人！

麦积山与佛对话

（2011年7月17日）

早上，上福特车时，头天坐得麻木的两条腿还战战兢兢。

去麦积山景区的路上，陈队给我们讲他在五台山被“兔子”忽悠的故事。正讲到义愤填膺时，山路上突然蹿出一个拦车的当地人，说是可以带我们去看麦积山石窟，每人收60元（票面价85元）。陈队觉得划算，就捎上了他。

我没吭声，心想他的“杯具”又将重演了。

我是一个不通佛法的俗人，但起码知晓为点儿蝇头小利而与“兔子”为伍，那样玷污了佛，更毁了我一世的英明。所以下车没随着兔子走“偏门”，而是直接掏证件，独自先进入景区。

远远瞻仰麦积山，憨憨的麦垛头，在朝阳的映射下，清葱翠绿，和谐雅丽，有着不可言说的泰然，我想那就是佛性吧。

山的正面，是一面刀劈斧剁似的山岩，壁立千仞。绝壁之上，万龛千室，供奉着历朝历代的佛。洞窟之间有空中栈道相接，从山底下看这些栈道蜿蜒曲折，犹如一条长龙盘旋在山间，很是壮观。

洞窟不论高低、大小都装了木门。门紧锁，但开有纱窗，游人只能隔窗而望。里边的泥塑造像表情各异，生动亲切，虽然皮肤粗糙，色泽斑驳，但神韵犹存，尤其是他们的眼睛，似开似闭，似沉思，似回味，似彻悟。若稍加留意，还能看出他们眼里的寂寞。想必已经闭关修炼很多年了吧，没有风吹，没有日晒，甚至不知道当年一起嬉闹的同伴今在何方，是否早已化为尘埃。斗转星移，陪伴他们的只是窗口大小的天空，和偶尔从窗口掠过的好奇的眼眸。而过客们只是来看看热闹，并不想探究佛的前世今生，更没想在与佛的对视交流中领悟佛法的真义，在佛看来，这是他们心中最大的悲哀吧。

相比之下，三尊露天大佛是最幸福的。他们慈眉善目，体态安详，似若出尘，仿若入世，瞻仰者无论心情如何，都可在他们眼中找到心灵的皈依。正是因为站得高，所以能看得远；正是因为不避风雨，所以万人景仰。看来，即便是成佛也要与民同在，也要有点儿牺牲精神啊！

从麦积山上下来，同伴们都僵立在大门口，脸像霜打的茄子。原来那“兔子”给他们的是几张过期的门票，没混进去，于是在门口傻等我两小时。再看陈队，嬉笑一路，此刻却噤若寒蝉。

我丝毫没有为自己的先见之明和独自参佛而沾沾自喜，相反，有种不祥的预感：陈队会不会把在景区耽误的两小时连夜补在路程上？

不幸成了谶语，一语中的！

车一路向西。天水—兰州—西宁，横穿了两个省会，车也没有停歇的意思。我无望地看着旷野中夜色覆盖的天穹，听CD机里刀郎用他那粗犷的嗓音，不知疲倦地喊出心底无尽的沮丧。

青海湖一见如初

（2011年7月18-19日）

去往青海湖的路上，满山满坡绿油油的草甸和金灿灿的油菜花海，精巧错落地镶嵌于山峦间，在蓝天白云的映衬下蔚为惊艳。空气里扑面而来的清新，把心底的喜悦撑得满满的。那些不遵守交通规则的羊群，仍旧我行我素地走在马路中央，不急不躁；上次来见过的牦牛为欢迎我的再次到来，在山路边冲着我快活得乱蹦乱跳；远处的山川依旧戴着白绒绒的俏皮小毡帽，山坡上的蒙古包像草地上搁着的奶油蛋糕，最亮眼的是那些色彩斑斓的经幡在风中跳着欢快的舞蹈，迎着我们，又带领我们走向远方。

此情此景，唯有吟诗！

“天，你是多么的蓝啊！地，你是多么的绿啊！羊，你是多么的白啊！”BY——陈队。

我汗！

不经意间，一抹动人心魄的蓝从天地相接处撞入眼帘。啊，那就是阔别两年的青海湖。它还是一如既往地深邃浩渺，变幻着的深深浅浅的蓝，间或夹杂着一抹银白和翠绿，如仙子含情脉脉的眼波。云朵山峦，倒映其中，让湖水更加明艳动人。湖边是金色的油菜花、紫色的薰衣草，还有一望无际的青草飞扬，所有的色彩都那么浓烈张扬，但丝毫影响不了湖水无边无际的宁静。它那么大，以至于在潜移默化中周遭的极致妩媚被它收纳，我们的欢悦嬉闹被它收拢，天地间的万事万物都被它收藏，而它还是那么淡定地宁静着，宁静地淡定着。

我也静静地伫立着，静静地按动快门，静静地记录下眼前这诗画般、一如初见的美丽。

傍晚，我们在湖边扎帐。

无数的斑头雁、鱼鸥、鸬鹚在我们身边散步，偶尔斜眼打量一下我们的“塑料棚”，然后跳到湖水里优哉游哉去了。它们高昂的脖子摆出一副原住民的姿态，而不屑的神情摆明了就是瞧不起俺们。

是啊，它们一生无所事事却能在这里时时享受美景，而我们毕生忙碌只为了换点时间和钞票来路过这里。人，是最智慧的，还是最愚蠢的？一辈子总让烦恼琐事缠身，还惦念着追求不尽的欲望，活得那么辛苦，居然还成日里把“追求幸福”挂在嘴上。

什么是幸福？

湖面千百只鱼鸥忽然扑扇着翅膀腾空而起，并不清亮的嗓音却很高亢嘹亮，好像在说：“幸福，就是像我们一样，自由飞翔！”

架锅起灶，胡乱做了些吃的，然后送海棠和紫叶去找卫生院。她俩高反。

卫生院的老医生，藏人，满脸和善。他的普通话说得很憋屈，沟通有些困难，却亲切友好。我们要求输液，他说没必要，用点口服药就行了；我们要买两瓶红景天，他说一瓶就够了；感冒药一元一盒，消炎药两元一板。什么叫医德医风？在起草的文件中喊了这么多年的口号，终于在青海湖边的这家简易小诊所落到了实处。

从卫生院出来，遇到了五位问路的西藏自驾游摩托帅哥，他们热心地载上我们回营地。一路上，大家交流着彼此的行程和感悟，然后合影留念，为这段短暂的缘分和难得的信任。

晚上，气温骤然降至零下，缩在羽绒睡袋里依旧冻得睡不着。透过帐篷的防蚊罩遥望满天星辰，它们密密麻麻地挤满夜空，偷窥着悄无声息的湖水和湖边栖息的我们，一定是觉得我们这些人很稀奇吧：幕天席地，以天地为居。于我而言，何尝不新鲜刺激，在这样寒冷的夜晚躺在石滩上，和自然离得那么近，动物、石块、湖水、小草，全都是触手可及的真实存在。真该好好谢谢自己，能够抛却浮华冰冷的都市来到这里，以五体投地的方式来亲近天地，信赖天地，享受天地间这样一个纯朴安宁的夜晚，享受内心深处悄无声息的快意。

这一夜，注定难忘！

清晨，我在湖水一波一波柔情的呼唤中渐渐苏醒。拉开帐篷的一角，眼前的景物像被柔焦镜片过滤了似的。在薄薄的晨雾里，湖波清亮得逼人眼眸，湖岸逶迤得柔曼蜿蜒，雪山倒影在湖光里，晃动着深不可测的模糊光影，一切恍若梦境。深深吸一口沁凉的空气，迷蒙恍惚的意识才被唤醒，明了眼前的一切都是真实存在，美丽妙不可言！

在湖边舀一桶水，就着波涛的韵律，一边洗脸梳妆，一边等太阳出来。湖边已有些单车发烧友，他们在湖边一字排开，端着“长枪短炮”，等待日出，那阵势就像娱记们在等待巨星出场。

以前，看过很多次日出，总是匆匆忙忙。赶着起早，驱车，排队，乘缆车，还未在黑压压的人群中找到落脚点，太阳已“嗖”的一下蹿出来；紧接着，又被慌张张、乱哄哄的人流裹挟着带下山。每次观日回来，总觉得莫名其妙，像梦游一场。

而此刻，席地而坐，泰然地面对山色湖光，静静地听风在耳边絮絮低语，我仿佛能感觉到鱼儿跃出水面的动静、小草抖落露珠的声音、花儿奋力绽放的低吟，但内心却毫无涟漪。世间万物此刻都寂静一片，都在翘首东望……

终于，水天一线处被抹上了一层淡淡的红晕，云霞和湖水都被渲染得温柔妩媚。太阳欲露还羞地从水下探出头，一点一点，不急不躁。它知道此刻有万人瞩目它的闪亮登场，所以如明星般耍着大牌，不疾不徐。当这团温润的艳红完全挣脱水面时，天地顿时一片光芒。

恰逢几只鱼鸥飞进光芒里，在天空中留下了美丽的倩影，如点点音符飘摇于湖天之间，那此起彼伏的鸥鸣是它们动听的合唱。而我，也趁机给自己定格了一张“托日”的剪影，仿佛是我托起了青海湖上喷薄的朝阳。

心之所向 路之所往

（2011年7月19日）

沿湖西行，便到了鸟岛。可能是季节的缘故吧，没见到遮天蔽日的候鸟，也无游人，所以就任由陈队带着我们呼啸而过。过关角山时，路边的标牌显示海拔3840米，难怪几个对高反敏感的热闹人这会儿没了声响。耳根清净了，视线就格外敏锐。抬望天外，左边是依稀可辨的月亮，右边是白光闪烁的太阳，开始以为是错觉，后来想起成语里有个“日月同辉”，指的就是这种景致吧！

进入德令哈，便是连绵千里的戈壁荒漠。

公路像搓衣板，颠得黄沙漫天。太阳炙烤着寸草不生的大地，天底下是一片泛滥滔天的白光。即使坐在空调车内，仍觉湿粘燠热。尤其是午后，热度、光度、倦意一起朝我袭来，把我渡向混沌的梦寐，我的眼皮变得异常沉重。

正在昏昏欲睡之际，有短信在响……有几秒，我觉得心突然漏跳了好几拍，脑袋也仿佛缺氧似的一片空白。

缓过劲来，第一反应，我大声念出朋友发来的这条短信，大家因瞌睡而东歪西倒的身体齐刷刷地都立了起来。

新疆和田？不是我们正要去的地方吗？

很快，四个女同胞叽叽喳喳地要求修改线路，将原计划的“若羌—南疆—北疆”改为“敦煌—北疆”，领队霸王却坚持原定线路不变。大家开始争辩、对峙、僵持，气氛紧张。我当然是力挺“改线”的，毕竟再美的风景，也不值得提着脑袋去看！何况，来世上一遭，有太多牵挂的人，也被太多的人牵挂，所以做决定不能只由着自己的性子，还应该考虑自己的担当。

可是，霸王就是霸王，他一意孤行，坚持己见。

转机是，紫叶突发心脏病，被送进大柴旦医院，输液、输氧……当她满脸煞白地抱着个氧气枕头出来时，霸王妥协了。

霸王的让步，让大家心里的一块石头终于落地，紫叶的脸蛋也马上变得粉扑扑了。实在怀疑她是真病，还是施的苦肉计。管它呢，好歹遂了我们的心意，而且我们小团队的那一丝裂隙又修复如初，重现笑颜。

晚上，在敦煌的沙洲市场，大家围坐着吃烤鱼、烤肉、烤羊肉串。玩，也是件很辛苦的事。连续几天的长途奔袭，大家都想好好犒劳犒劳自己。

热腾腾的烧烤，热闹闹的说笑，已经收获的青海湖的美景，对后面新疆之行的无限神往，夹杂在一起，吃什么都是美味佳肴。特别是大家又冰释前嫌、重归旧好，心又朝着同一个方向眺望，更值得庆贺，于是大家借着酒劲，点唱了《朋友》、《向天再借五百年》。

凭借着歌的旋律，我们适情任性的心情攀升到了出行以来的最高处。

莫高窟
沙漠中的宝藏
（2011年7月20日）

往敦煌去的路是一条光“灰”大道，颠簸的路面飞舞着漫天的黄沙。迎面开过来的一辆辆大货，像从梦境里穿越而来，个个黄头垢面，凶神恶煞。有一辆居然没有前挡玻璃，风沙肆无忌惮地迎面灌进去，两个上身赤裸的青年端坐在驾位上像两尊刚出土的泥和尚，看不清鼻子嘴巴。

路两边，是千里戈壁远，黄沙万里长。

传说中，沙漠里总隐埋着宝藏。事实上，还真是这样。

“1600多年前，乐樽和尚行至此处，见三危山上金光万道，状有千佛，于是萌发开凿之心，后历建不断，遂成佛门圣地。”

临近莫高窟，被戈壁黄沙掩埋许久的心突然一颤，眼前倏然明亮：一片葱茏的绿隐约出现在天际，背景是一列沙山断崖。一条早已干涸的河床在它脚下横亘着，亘古的荒凉和静谧，放大着神秘和宏大。我擦擦眼睛，希望能看见那刺破云天的万道金光，可惜没有。天空是一片彻底的纯粹的蓝，空阔得没有一丝云彩。

仅仅只一眼，心便完全静下来。

一把又一把的铜锁在讲解员的手里清脆打开，一扇又一扇的铁门在身后訇然关闭，我们穿越时空进入到一个久已逝去的古代世界。当我第一眼看到这封存的历史画壁时，惊讶得一时屏住了呼吸。满壁千年不枯的吟笑，满天轻盈曼妙的飞天。他们在洞窟中凝固千年，却鲜艳如初，动人依旧。我几乎可以感受到那飘飘的花瓣、云朵、衣袂，温柔地滑过我的脸，带着诡谲的异香，轻如飞烟。

阿弥陀佛巍然泰坐，他的四周是极乐世界的享乐图：有伎乐、舞蹈和杂技。如意树上结满了饮食和衣衫，人们过着衣来伸手饭来张口的幸福生活。还有过去佛、现在佛、未来佛，一律是尊严慈祥，圆润的肌体似乎要冲破缠裹的衣襟，而那衣襟特让人惊奇——泥草的东西，竟然做出了轻纱的质感，让人体会到一种幽深玄妙之气。

最让人仰慕的是26米高的释迦牟尼，结跏趺坐，器宇轩昂。一只出神入化、旋转乾坤的美手轻轻搭于膝上。

大佛也有睡着的时候，在158洞窟里，睡得那么安详平静。不管人世间有什么烦恼，都不能打扰他。佛界中说他不是在睡觉，而是“涅槃”了，解脱了人世间的束缚，进入了不生不灭的境界。那境界是多么令人向往啊。

壁画中不乏许多至今都被推崇的时尚元素：穿背带裤的儿童、LV 新款女包、东方蒙娜丽莎的神秘微笑……不能理解，它们怎么会出现在千年前的唐朝。或许连时光都怜惜那段盛世荣华，所以在这片黄沙之中藏匿了一小块历史的记忆，让我不用穿越时光隧道，便能小窥大唐当年的模样。可仅是这一眼，永生永世也无法忘记了。

当然，让人无法忘记的还有那位王道长。

这个在敦煌尽人皆知的名字，每天被不同口音不同语言的人提及，王兄若泉下有知，不知道每天要打多少个喷嚏。不幸的是，无论在何类版本的说辞中，他都是个反派。更不幸的是，这位万人同骂的王道长，居然和我是同乡。

所以，即便后来我和讲解员八卦甚欢，却自始至终未提我也是个湖北人。

我甚至不敢正视讲解员提及王道长时铁青的脸，一如我不敢正视，我的这位老乡，居然让英美掠夺者们将难以计数的敦煌文物“骗买”而去。这笔文化重债，他的后代无论如何也是替他还不起的了。站在被盗空的藏经洞前，我感到羞辱难当。

但我还是忍不住想为老乡说句公道话：他也曾经为保护这批文物努力过，多次求助官方予以重视，却无人理会。那时的大清王朝正在风雨飘摇之际，深居皇城的官员哪顾得上这等“小事”。王道士的企盼如泥牛入海，杳无音信，最终受斯坦因宗教精神的蛊惑，才将经卷以低廉的价格卖给了外国人。但这未必不是另一种形式的“保护”。中国五千年的文明，有多少因兵荒马乱和政治斗争而被践踏泯灭啊。如果他没有将如此多的经卷卖给外国的“教授”，这些人类文明的遗产也许会在战乱或“文革”中流离失所。

所以，敦煌文物的流失不应该归罪于某个人，它是历史对当时积贫积弱的中国社会的巨大嘲讽。

西行玄奘路

（2011年7月21日）

5:30，陈队用“国际歌”叫早。

6:00，上车，继续睡觉。

得了甲亢的人永远不会理解瞌睡虫的烦恼！

一路向西。沿途是千里不变的沙丘戈壁，好几次从颠簸中醒来，以为车还原地未动呢。窗外的旷野几小时一成不变，再稀奇的景致也会视觉疲劳。一路上没有手机信息，也没有生命的迹象。以前想象无人区，应该是原始荒蛮、阴森诡秘、常人无法触及的危境险地，现在看来，无人区就是没有水流，没有人烟，没有外界联系，想获取外援简直就“没门”的地方。

如果车在半路挂了，估计只能弃车。然后，背着水和帐篷，循着当年玄奘的西行之路，关山万里。那情景应该是悲壮的吧：沙漠落日余晖中九个蹒跚的剪影，满怀古道西风的惆怅，不为佛，不为法，不知道为了啥，朝着西方极乐净土的方向——攀爬。

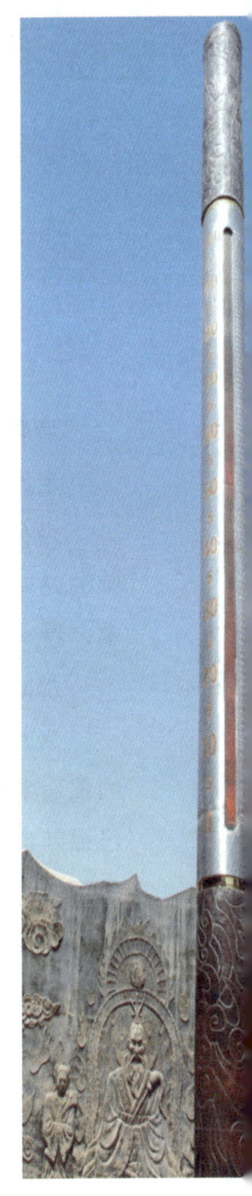

这次出游，除了贪玩，也没什么冠冕堂皇的理由，均谈不上有执着的意念、崇高的信仰，更没有“重走丝绸之路，感悟玄奘之旅”的豪情壮志，不过是一帮出门找乐的俗人，千里迢遥，走哪儿算哪儿。

在茫茫旷野中行驶，很容易失去方向感和时间观念，四周除了空旷就是寂寞，空无一物的荒野寂寥得横无际涯。大家都慵懒地坐在车上，沉默。沉默地看风景，沉默地冥想。

天空，估计也是静得无聊了吧，于是由着性子拉下了脸。前一刻还风轻如吻，下一刻即飞沙走石。进星星峡时还艳阳高照，出星星峡时却突降冰雹。再向前走，居然还看到了龙卷风。以前在电视上看龙卷风裹卷着沙砾厮杀而来，觉得惊天骇地，所向披靡。可真的身临其境时，心中却无惊无恐，悠然太平。

这是我一贯的心态，别人烦躁不安时，我便自得怡然。

傍晚，到火焰山。这个时辰，阳光却像热油一样倒下来。原本就明亮赭红的山脉，像一条炫目的火龙，烈焰滚滚、铄石流金。

“火龙”脚下是一根直插云天的“金箍棒”温度计，显示地表温度75℃。咂舌！这温度能让铜脑壳、铁身躯都熔化成汁吧？难怪脚像踩进了炼炉，灼热生疼。再看周边的人，个个通红着脸，穿得少的，就像一只烤熟的大虾。可这炼炉的温度丝毫没有影响他们拍照的情绪，个个兴奋地边跳边尖叫，像在烈焰上舞蹈。

站在铁扇公主的芭蕉扇下，遥想千年前的玄奘，居然徒步走过了这焚石化铁、飞鸟不过的八百里热焰，真不知道应该拜他为佛教法相宗创始人，还是奉他为驴界先辈、户外高人？

童心梦想

（2011年7月22日）

清晨，吐鲁番，室温40℃。

走出房门时，真想把空调背上。

沿火焰山一路西行，车内音响适时地放着《吐鲁番的葡萄熟了》和《达坂城的姑娘》，很熟很甜的曲调，唤醒了我儿时的梦想：有朝一日能去遥远的新疆，看一看达坂城的长辫子姑娘，尝一尝吐鲁番的葡萄！

那时，梦想很遥远；今天，只一步之遥。

火焰山的西端就是葡萄沟。走进沟内，里面是一片遮天蔽日的绿，绿茵茵的葡萄架上缀满了晶莹剔透的绿葡萄。梭梭、无核白、马奶子、日加干……全都已经熟透，沉甸甸地挂在枝头，令人垂涎。葡萄架搭得很低，鲜嫩滴翠的葡萄唾手可得，味道或酸或甜，或淡或浓，但因为是亲手所采，尤觉甘饴。

微风轻至，藤叶簌簌，倍感凉爽。鼻翼间有绿叶的清幽、葡萄的芬芳，还有流贯园中的天山雪水跃起的清凉。几丝倔强的阳光扒开浓密的藤叶觅缝而下，碰巧照射在几串葡萄上，那葡萄顿时幻变为翡翠，泛出诱人的光芒。

饕餮一顿免费葡萄后，再看满天的葡萄，已没有丝毫食欲。儿时的梦想瞬间实现，心反倒像被戳破的气球一般，有些沮丧。人心是不是有不同角落，每个角落藏着不同的梦想，而随着阅历的增长，那些角落时时被打扫、被更新，以便安放一些新的更美更远的梦想？

中午，过达坂城观看了亚洲规模最大的风力发电站，顺路打望了那儿的姑娘。眼睛都挺大，但是长辫子一条没看到。好容易找到一个梳新疆辫的小姑娘，快门还未按下，就又蹿出好几个和尚脑袋，抢完镜头便索要肖像费，我赶紧夺路而逃。

有人说百闻不如一见，但我想，有时候见不如不见。就如英国诗人塞缪尔·约翰逊的说法：Worth seeing? Yes, but not worth going to see.为什么？因为 Sex is more exciting on the screen and between the pages than between the sheets anyway.

想通了，美女和性爱一样，也是在银屏上比在现实中来得更美更刺激。

好在美丽的歌谣还在传唱，没有去过新疆的人们仍旧相信：新疆有个达坂城，达坂城的姑娘最漂亮。

与野生动物共眠

（2011年7月22-23日）

晚上，在卡拉叶麦山野生动物保护区露营。

扎帐前好好地观察了一下周边地形：开阔的沙丘上有灌木、草丛，还有随处可见的野生动物的粪便，很大很新鲜。心开始瑟瑟发抖，晚上不会被狼或者比狼更可怕的家伙叼走吧？

其实，内心是非常惧怕露营的，那得冒着狼吃匪抢的危险。尤其在这样一个人迹罕至的荒漠郊外，听到点风声就草木皆兵；闻到野生动物的嗥叫，就以为末日降临了。

吃完国家一级厨师给我们烧的霸王餐，大家都心满意足地躺在地席上遥望满天星辰。一向沉默的宁队因多喝了两口小酒，也变活泼了。他打着电筒照星星，认真地说天上那颗最亮的星星是他照亮的，他还煽动大家顺着他的手电光柱爬到星星上去玩。我们让他先爬，他说：“等我爬到半中央，你们关掉电源，我不就掉下来了？嘁，想哄我！”

——狂笑！

连当空的月亮也跟着一块笑弯了腰。

炉火上的咖啡开始“哧哧”作响，夜空里弥漫着醇香的快乐水分子。大家一边八卦，一边品咖啡，好似久处的亲人。虽家国万里，却没有漂泊异乡的感觉。那一刻，曾经的那个世界已离我们很远很远。

仰望静谧的天穹，繁星闪闪，浪漫无声，像在童话故事里。

这样的夜晚，我会永远记得吧！

一定会的。

次日醒来，看见朝霞满天，如获重生。

岩羊、马鹿、鹅喉羚在不远处悠闲地散步，小鸟儿在灌木丛中跳跃嬉戏，大自然安然静谧。

其实，这里很安全，不安全的，不过是人心。

沿216国道继续西行。窗外是大西北广袤的天地，简单而粗犷，宁静且炽热。

绵延四小时车程的野生动物保护区里，成群的野骆驼一字排开地跪卧在沙地上晒太阳，上百头盘羊温文尔雅在草地上享用着纯天然的绿色早餐，还有铺天盖地的鹅喉羚在头领的带领下像潮水一样卷过卡拉麦里，扬起一片烟尘……想到它们是昨晚和我同枕一片天地的美丽生灵，心中温暖亲切。

最意外的是还看到了4匹身价比熊猫还高的普氏野马，悠闲地站在路边水洼处饮水嘶鸣。大家欢呼着跳下车，像中了头彩般地疯狂拍照。据说，去年刚从美国换回18匹，在这里还乡放养。普氏野马彪悍健硕，性情凶野，黑色的四肢健步如飞。可能跑得太快，前不久一匹普氏野马被过路的货车撞死，法院终审判决大货司机80万元的赔偿。

在这里,它们是生物,我们也是生物,可身价的差别咋这么大咧?

再往前，是一片开阔的湖区。湖中有一簇簇的芦苇荡，许多野鸭游弋其间，偶尔还有红雁在水上掠过，留下梦幻般的倒影。无数牛羊在湖边草甸上漫步，像缀绣在绿毯上的花朵。它们是那么随性自由，无拘无束。真替家乡那些圈养了一辈子的家畜难过，它们过着足不出户的生活，临到被宰杀也没见过吃了一辈子的青草的原生模样。哪里像这里的动物，个个膘肥体壮，还特有尊严——过马路从来是我们等它们；即使这样，它们偶尔还会站在马路中间耍大牌，一排肥臀冲着我们，不挪不动，好像在说：“这地盘，我们说了算！”

这样随性的生活，我喜欢！

走进可可托海

（2011年7月23日）

走进可可托海，恍若走进绿色的丛林，这里万木峥嵘，苍翠葱郁。奔腾的额尔齐斯河一路向西，绵延蜿蜒，所经之处，滋润浇灌出连绵的牧场、草地，还有大片玉树临风的白桦林。它们像一支庄重而又挺直的白色队伍，身上的疤痕掩盖不住身躯挺拔的潇洒。偶尔有风轻轻掀动树叶，像飞起了一群白鸽。这让我不由得想起朴树的那首悲戚唯美的歌："静静的村庄飘着白的雪，阴霾的天空下鸽子飞翔。白桦树刻着那两个名字，他们发誓相爱用尽这一生……"

歌声在峡谷丛林中婉转飘扬，抬头望湛蓝如斯的天空，洁白如棉的云朵。我深深地吸一口气，是贯穿肺腑的淡淡的树香。

顺着额尔齐斯河的流水，走进石化的野生动物家园。放眼看去，有抬起前脚微笑着打招呼的富龟石，有浑身布满花纹的金钱豹，有鼻子伸进额河饮水的神象峰……最能体现大自然神奇造化的是高365米如钟似锥的神钟山。站在山脚下往上看，在阳光的穿透下有种眩晕的感觉。那种舍我其谁的气魄，震荡出强大的气场，直抵心底。

这里时时可以看到骑马扬鞭的哈萨克人。据说哈萨克小孩不会说话就会唱歌，不会走路就会骑马。一生游牧，四季转场，逐水而居。每年季节相交，他们便骑着马，带着家眷和家畜，举家迁徙。给我们开电瓶车的师傅说，可可托海是全国第二极寒地区（仅次于黑龙江的漠河），–40℃的冬天，牛仔羊囡们找不到吃的，只能转移到水草丰茂的深山老林。他说这里虽然生活简单，但人人知足，绝对看不到这里有人掉眼泪。我说他吹牛。他莞尔一笑："我们这儿太冷，就是你想哭，眼泪还没掉下来，在脸上就结成了冰。”

看着他自得其乐地打着方向盘，俊朗的轮廓在夏日蜜色阳光中忽隐忽现，嘴角眉梢都漾着幸福的柔光。我想，只有如此寥廓和严峻的自然条件下塑造的民族个性，人们才会内心平缓，他们的微笑才会如此温暖明亮。

晚上，在一家哈萨克族牧民的草甸上露营。作为交换，我们买了他家的一头阿勒泰大尾羊。他们全家总动员，生火、宰羊、剥皮，将切好的羊肉直接放进大铝锅，没看见他们用水洗过血淋淋的羊。

平生首次看见这么血腥的场面，有些反胃。

羊肉汤要炖两个多小时。等待的缝隙，去了千米以外的一条小阴沟，舀水洗漱。据说我们即将下胃的羊肉汤就取自这沟水。水色既浑且黑，这让我花了很大力气在内心说服自己，待会闻香吃肉，无须睁眼。

23:00，飘着洋葱香的汤汁全羊被盛在一个铝制的洗澡盆里隆重登场。饥肠辘辘的我们借着星光和手电光，端详着满澡盆的羊骨肉，一时不知如何下手。犹豫中，一脸盆酸奶又端上了桌。刺鼻的膻味酸味压倒世间的一切味道，也彻底摧毁了我的味蕾。

最是断肠时，是结账：1800元的羊+100元的奶。这一周吃馕省下的钱，全没了。

一路走 一路拍
（2011年7月24日）

以为越往西走，便离海越远。可走着走着，却看到了“海”景。

几乎是一瞬间，碧蓝色的水从地平线上涌出，向着我们渐渐地铺展过来；前方公路蜿蜒的曲线竟然从视野中消失，仿佛被海水淹没了一般。

布轮托海，就这样盈盈地向我们走来。

准确地说，布轮托海(又称乌伦古湖)只是一个高原海子，即中原所指的湖泊。可它偏偏烟波浩渺，鱼鸥翔集，很有海的气度。

清晨的布轮托海一副素面朝天的样子，淡淡然然地闪动在那里。湖边芦苇飘荡，风吟水起，不时有惊飞的海鸥和白鹭从芦苇深处一掠而起。还有斑鹤，抻着赤色的长喙，像饱学之士一样，在湖边踱着优雅的方步。周身洁白的天鹅，舒展着翅羽，在幽蓝的湖面上，时而高翔，时而低回，飘逸如天使。

像幻觉，看到这么多尊贵的鸟儿飞在自由的天空里。

湖岸周围，是厚厚的粗灰色沙滩，沙地上遍布着大大小小的石砾和干枯的芦苇秆。靠近湖边的芦苇丛，根部深深地伸向了湖底，给人一种坚毅生长的姿态。许多漂亮的花奶牛在芦苇丛中散步或吃草，丝毫不避让我们，任我们在旁边游荡、拍照。

中午，我们在一片胡杨林里午餐。

以前看过朋友拍的额济纳旗的照片，金色的胡杨林将秋色渲染到极致，所有的树叶都像被金红或橙黄的油彩浸泡过，浮光跃金，那种光色对人的视觉冲击真是难以言表。

可惜，现值盛夏。葱绿的胡杨树和寻常的绿树扎堆在一起，并无特别之处。

但我们还是找一些盘根错节、枝型怪异的胡杨树，爬上爬下地拍照。被宁队挖苦为："前面照了后面照，左边照了右边照，上面照了下面照，里面照了外面照……还不够，恨不得把树根刨出来照。"

这世上就没有人照得赢我们。因为我们有胡杨执着的韧性、昂扬的斗志，还有"生而千年不死，死而千年不倒，倒而千年不朽"的顽强精神。

胡杨林不远处是一片金黄金黄的向日葵。很喜欢向日葵，爱吃它盘中的葵花子，更希望自己能像它一样，每天对着太阳，热烈地生长。

书上说，向日葵，是有两个名字的。上午的时候，叫向日葵；下午的时候，叫葵花。不知真假。

吃完午餐，我们便端着相机冲入那片向日葵。开始拍照时全是顺光，迎着太阳，不笑都很灿烂。可照着照着，它们的头就慢慢转向，背对太阳。我这才想起书上说的话，原来

向日葵也有忧伤的时候，它只是习惯在白天展示自己最阳光的一面；在黑夜到来时，独自咀嚼悲伤。

人世间何尝不是这样，表面风光的人，内心其实有不为人知的悲凉。突然想起梵·高的《向日葵》，他作画时正经历着贫困潦倒，所以他画的应该是忧伤的葵花吧？

黄昏，过五彩滩。

站在瞭望台上，满滩都是参差嶙峋的怪石：鲜艳的红黄、神秘的蓝紫、纯洁的翠白……所有光怪陆离的色彩从四面八方扑面而来，明快强烈、娇鲜妩媚。在夕阳的映照下，更是魔幻般迷离，似一幅自然天成的现代派油画。

五彩滩依伴着碧波荡漾的额尔齐斯河，与对岸葱郁青翠的河谷风光遥相辉映，可谓“一河隔两岸，胜似两重天”。两种截然不同的地貌巧妙地结合在这里，在动感与孤奇的怪异中，摇曳着一种神秘的生命魅力，让人动心动情。

奥斯卡获奖影片《卧虎藏龙》中，玉娇龙被罗小虎劫持后，就是被扔到这个五彩斑斓的山丘。不能不佩服李安导演的情调和眼光。想象不出，如果剧情安排男女主角私奔，他会选择怎样一个浪漫绝美的世外桃源？

喀纳斯湖

天堂的样板间

（2011年7月25日）

在《选美中国》里，喀纳斯被称为“上帝的调色板”。身临其境，才领悟这样一句评价是多么贴切。

坐区间车进入阿尔泰山谷，沿着山势蜿蜒前行，相伴而行的是翡翠般碧透的喀纳斯湖。云雾在苍翠如黛的雪峰上徘徊，婉约柔美。绿坡墨林在河岸边静默地伫立；偶尔，掠过一阵风，吵醒了树林，林中的枝叶婆娑窸窣作响，其声如乐，令人荡魂。

进入喀纳斯湖区，像是撞入了某个仙女的居所，整个湖面和湖旁的泰加林，都氤氲着一种江南女子的气质，娇秀妩媚。天的蓝、云的白、水的绿，所有的色彩都纯净到极致，让人亦真亦幻，猜想是不是上帝在作画时打翻了调色盘。平静的湖面上，时有飞鸟啾鸣而过，愈发显出湖区的安静。

沿着湖边的泰加林小道往湖湾深处走，有彩花艳蝶相伴，还有枝头跳跃的松鼠调皮大胆地和游人捉迷藏。或许它们也明白，这样纯净的地方，人类是应该有所敬畏的，譬如自然，譬如生灵。

三毛说，凡是盛产鲜花、蜂蜜、湖水的地方，便是天堂。

这个繁华如锦、湖水如蜜的地方，天地灵气似乎完全凝聚在这里。它是天堂的样板间吗?

特别一提，参观这个样板间的价格不菲，每人 260 元。当然，我例外。每次在这样花大钱的关键时候，我就玩特权。实在不得不时不时地狠狠地崇拜一下自己!

继续赶路。早、中、晚餐没有差别——饿了，以馕充饥。

车上总放着十几个馕。车上有馕，心里不慌。每每啃这种石头一样的饼，口腔就如一架咀嚼机器，在木然地完成使命，有种舍死忘生看美景的悲壮。

这种一天羊、十天馕，饿得眼睛冒金光的日子，不知道还要延续多久。

有点想家。

想家中的一碗饭、一张床、一个热水澡。

福特车像一只疲惫的狂兽，从白天一头扎进了黑夜。可我们仍然没有找到有水源可以扎帐的地方，在这蛮荒之地，感觉危险就潜伏在浓浓的夜色里，大家都心照不宣地有隐隐的担忧。

突然，木乃县交警大队黑山头中队

出现在眼前，大家欢呼雀跃，简直像在绝壁上看见一根救命的枯藤。

三个黑衣警察在关卡处拦下我们，验查每一个人的身份证。我们顺口问了一句，可否借点贵地的自来水。中队长看了一眼我们逃荒般落魄的脸，点点头。

我下车跟着中队长找水，借着夜色的掩护，肆无忌惮地打量他。真是帅得张扬无忌啊，严峻深邃的眼眸、刀削般完美的轮廓、魔鬼般挺拔威武的身段，一袭紧身黑衣。最酷的是无论我在一旁怎么盯着他心旌摇曳，他都不甩我一眼。

“你腰上别的这枪是真的吗？”我没话找话。

“你说呢？”

“是水枪吧？能不能拿下来我看看。”调侃地，问出一句蠢话。

中队长嘴角向上扬了扬，不置可否。样子真性感。

“干吗又查身份证又佩枪的，这么麻烦？”仍不死心，是不是丑女见帅哥后都这副德性？

“前几天，和田派出所不是出事了吗？”他很轻飘地说，但能猜出新疆警界最近一定都神经紧张。

事实证明，死皮赖脸，也不是不无好处的。至少，中队长后来让他手下的人腾出办公室和会议室，作为我们一行九人的下榻之处。

接受如此大的恩惠，一时间，我们全体感激涕零。（这应该有我很大的功劳吧！）

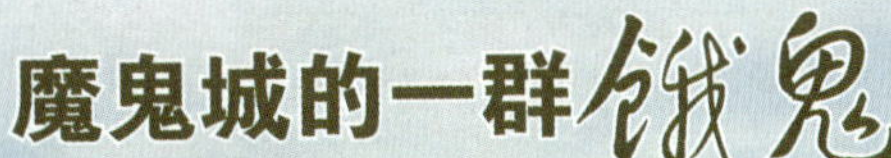

魔鬼城的一群饿鬼

（2011年7月26日）

三天没洗澡了，早起后索性连头发也懒得梳，邋遢到底。

上车看同伴，也个个蓬头垢面，人鬼难辨。那形象如果进魔鬼城，一定会被误认为当家主人回来了吧？

远远地看乌尔禾魔鬼城，就像是一方被造化天工打造而成的现代艺术雕塑群。千奇百怪的石头耐人寻味地伫立着，有的细致，有的粗犷，有的具象，有的抽象。每一个造像好似一句无言的倾诉、一段奥妙的过往……朝阳下，透着壮观与诡谲，让人恍惚置身于宇宙初始，回到了人类洪荒。

没有从大门进入，有人的地方就没有风景。

我们的福特车从侧面穿过一条坑洼小道进入魔鬼城的腹部，这里渺无人迹，使本就荒芜的景致更显神秘和肃穆。徜徉在奇形怪状的风雕群，像是漫步在一个各种建筑鳞次栉比的古老城堡之中。只要发挥想象，世间万物仿佛都能在此找到化身。最让人匪夷所思的是，大风和黄沙在这些造像间激荡回旋，发出令人发怵的哭嚎声，充满了阴森的魔鬼气息。

庆幸，是早上来看它。

如果昨晚那个警察没有收留我们，我们就可能沦落到这里来露营了。试想：月黑风高，四周萧索，整整一座西域鬼城没有一丝动静。突然，大风骤起，犹如亿万鬼魅闯入人间。屏息中，各种尖厉恐怖的声音次第响起，断断续续，鬼幻森森。天哪！就我们这几个怕死鬼，还不魂飞魄散？

正在臆想中与鬼怪们打得昏天黑地，一个景区工作人员气喘吁吁地从老远跑来，说刚刚在监视器里看见九个人没买门票，从这边穿铁丝网进入了景区，问我们有没有看见。

我们都摇头。

他谢过，继续往前跑。

留下我们面面相觑。这方圆几百米就我们九个人，他却视而不见。

真是活见了鬼了！

中午，到奎宁。本可以悄然而过的小城，陈队却兴师动众地给他一个十年不曾谋面的老乡打电话，通告他来了。

陈队的老乡，是一个面容和善、举止拘谨、老实巴交的人。出手却阔绰，居然点了满满一桌珍馐佳肴，勾得同伴们个个馋涎欲滴。饿狼一样的眼，幽幽发着绿光。

老乡说稍待片刻，去拿两瓶好酒。

大家纷纷掏出相机，一个菜一个菜地逐次拍照，像一群没见过世面的乡巴佬。

酒来了。老乡说再等二十分钟，弟妹马上赶过来陪大家。

再看同伴们急不可耐的苦瓜脸，心里不免跳出一首盗版的泰戈尔诗："世界上最遥远的距离，不是生与死，而是眼睁着满桌子佳肴，却不能伸筷子。"

弟妹终于来了，老乡说："大家吃吧！"

一声令下，万筷齐发。

……

晚餐，陈队的另六个老乡请客。一定是听说了陈队带来一帮饿鬼，更是肥肉厚酒地款待。

什么也不用多说，老乡见老乡，喝酒！

我本就是个性情中人，看到这种温暖的场面，端酒杯的手就无法自已。尤其看埋单的那位老乡，满脸沟壑，一身沧桑，赚点钱一定很不容易。所以每一杯端起的酒，我都一饮而尽，仿佛这一路的辛苦，就是为了这一夜的畅饮。酒让餐桌前的陌生人迅速熟络起来，酒酣耳热之际，随口问两个貌似学生的小老乡在哪就读。

他俩说没读书，十四岁就随老乡到新疆来做木工，已经快十年了。

十四岁就背井离乡？这六位老乡都是木工？心下一阵抽痛。

想起家中衣食无忧、少不更事的儿子，感慨人生境遇的天壤之别。默默地喝一口酒，从未觉得杯中之物如此五味杂陈，好像这杯中装的已不是酒，而是艰难岁月。

道别时，我告诉小老乡，明天去赛里木湖。

"赛里木湖特别美，湖水清能见底，湖底的石头全是心形的。"说话时，稚气未脱的脸满是阳光。

"你们去过吗？"

他俩都摇头。

真想拥抱一下他俩。以一个寻常母亲的名义，抱一下这两个十年没回家、憧憬着心形石头的孩子。

蓝色的赛里木湖

（2011年7月27日）

赛里木湖。写出这个名字后，我不知道接下来该如何着笔。

满脑袋是一片纯粹得纤尘不染的蓝。

很多人说新疆最美是喀纳斯湖，而我则认为，如果两湖PK，赛里木湖拿满分的话，喀纳斯湖则勉强刚及格。

虽然，两天前我还井底之蛙地把喀纳斯湖誉为“天堂的样板间”。

我承认我浅薄，见一处美景就一惊一乍地奉上一顶及天的高帽，待遇到更美的景时，我只好尴尬得不知所云。此刻，面对赛里木湖脱离尘嚣的绝世之美，我想纵然穷尽世间万千赞美之词，也是不够用来描述了。

那是一种让人第一眼看见就会为之倾倒的蓝。像镶嵌在高山上的一颗蓝宝石，在太阳光的折射下，呈现出不同深浅的清蓝，晶莹剔透而又梦幻迷离。浩瀚的湖面延伸到无尽远处，变幻的水色渐行渐远，终于不露痕迹和天空融合在一起。真不知道该用怎样的语词来比拟这汪“西来之异境、世外之灵壤”。

湖边是广阔的草原，碧绿如茵，大群的牛羊珍珠一般散在草场上。顺着青草绿坡缓缓而上是遮天蔽日的苍翠的松柏林。几座白色的毡房点缀在林边，袅袅飘着炊烟。再远处是横亘的山，山顶有云一样的雪、雪一样的云，在天与湖的蔚蓝之间相互欣赏。这里的湖光山色仿佛形成了一个强大静谧的气场，当人置身其中，内心便如自然一般宁静。

几头牛、几匹马伫立于湖边，静默着，连尾巴也不甩一下，好像是在倾听或思考着什么。不爱动脑的是那些大屁股羊，悠然自得地吃着岸边鲜嫩的绿草，或者干脆躺下喃喃地咀嚼阳光的味道。

喀纳斯湖的美，用眼睛看。而赛里木湖的美，得用五官、用周身的每一根毛细血管、用心灵的每一个触角来感悟，可还是不能抵达它的内心。

我们在一家哈萨克人的帐篷边扎帐，然后三个女人往湖边溜达。

说是溜达，其实是照相。女人嘛，大凡看到美景，就神魂颠倒，手舞足蹈，何况是在这样一个远离尘嚣的圣湖仙境。湖水清透见底，虽然不是每块石头都是心形的，但我终于还是找到了一粒，精巧透明。我认定这粒聆听和目睹了千百年禅机的石子，是可以辟邪的圣物。回家带给儿子，告诉他，不论走多远，妈妈心里都牵挂他。

湖边的草甸真大。走累了，就随意找块草地躺下，顺便打几个滚，卷一身青草的味道，然后毫无顾忌地将身体交给阳光去爱抚，享受随风送来的沁鼻芳香。

心都快醉了。

太阳开始下山，天边泛着金黄。波光粼粼的湖面像撒满了细碎的白银，乱波渐欲迷人眼。山顶处一条紫红色的镶边将山脉和天空分隔开，使天地欲合不能，给人一种莫名凄美的感觉。

回营地的路上，发生了一件意想不到的事。三个人正走着，海棠没有任何先兆地突然脱下裤子小解，让我等惊诧无比。环顾四周，开阔旷远，阒无人迹。管他呢，我也放松一把；接着是偶然。三个女人都心照不宣地做了同样为文明人所不齿的事，然后提起裤子继续若无其事地往前走，像什么也不曾发生过。

现在回想，那点糗事，可能是这一趟苦旅中最开怀的片段。

用什么方式，投入自然，才最自然?

就是像这样。

回到营地，紫叶仍旧煞白着脸，痛苦万状地躺在地上。高反丝毫不想放过她。

22:30，紫叶再也不想忍受了，请求霸王离开这个高海拔的地方。所有人沉默，因为心有不舍。一分钟后，大家开始拔营，打包，整理行装，顶着满天星斗离开。

车窗外，是梦幻般幽蓝的赛里木湖，它仍旧在用千年的静默解读蓝色的永恒。我默默地祈祷，为这片自然的永恒，为我依然还可以柔软的心。

人生旅途上的界碑

（2011年7月28日）

霍尔果斯的早餐吃得特别隆重：俺一个人，吃了十六个小笼包、一碗黑米粥、一碗拉面、半个油饼，临走还叫服务员将剩下的半个油饼打包。

不要笑，如果你没有真正挨过饿。

那种接连几天不知下顿在何方的日子，让人想着就恐慌。所以，有机会就骆驼似的往胃里塞东西，不为果腹，只为储藏。

终于，因为虚脱而感觉漂浮在半空中的身体安全落了地，全身上下的毛孔都心满意足地舒张开来。

霍尔果斯不仅有各类美食，而且边贸活跃，有洋制的望远镜、铜制品、刀具、烟草、貂皮……比比皆是，琳琅满目，很能激发女人的购买欲，钞票就像落花流水般，去了。

霍尔果斯口岸前，就是312国道的终点。这条起于上海人民广场、全国第二长的国道，终点就止于我的脚下。

原来路再长，也有走完的时候。

行走这些年，总是对路的远方充满好奇，总是想象：顺着一条路一直走下去，它的尽头会是什么。今天，终于看到了，原来只是一块小小的界碑。

就像人生，也都是从出生那天起，一步步走向死亡，最后黄土覆身、坟茔一冢。在墓碑上刻上名字、生辰，只有数十字，简单明了，一了百了。

所以，活着时，真没必要太计较；走路时，多留意一些路边野花的幽香。

蓝天下，眺望界碑另一边的哈萨克斯坦，近在咫尺，却又遥不可及。

告别边关，调头往来时的方向。

途经一些很奇怪的地方，诸如“八十间房子”、“四棵树”、“五户人”……不知什么高人起的名字。在“四棵树”下车方便时，遭遇两位“袖珍高

人”，更是让人刮目相看。

一个破臭不堪的茅厕，两个四五岁的小女孩门神似的守着，牵引着一根塑料管，煞有介事地边啃苹果，边向出入者索取蹲位费。我要求出具发票，她们不给，于是拍照，说让她俩上CCTV。她俩回答，随你，但钱不给不成。

百般周旋、浑身招数使尽，她俩仍坚定着两个字：交钱！

看着这两个完全 Hold 不住的小不点儿，我愧叹自己白在江湖飘了三十多年。

晚上，到达新疆生产建设兵团总部——石河子。街道宽阔笔直。绿化带上，五颜六色成片的小草花，一路闪过，像流动的花溪。

五十多年前，就在同样的位置，却是一片寸草不生的荒滩戈壁。以致它的缔造者指着洪水冲出的砾石河床，命名这座未来的城市为“石河子”。

沧海桑田，五十年弹指一挥间，这里早换了容颜。

漂亮的住宅楼鳞次栉比，广场和公园掩映在绿草、鲜花之中。偌大的街道行人车辆井然有序，没有混乱喧嚣。三三两两的行人，没有匆匆的脚步，没有焦急的面容，一个个漫不经心，闲散而随意。我们的车在一个很窄的弯道转弯时，后面三辆的士静静地等着，不急不躁。陈队为此感慨了半天，说如果是在其他地方，的士司机早摁喇叭爆粗口了。

这就是半世纪前还一片空白的城市。

在市中心的一个三岔路口，有一个落地的超大电子显示屏，正上映一部革命战争片。无数市民在屏幕前或坐或立，安逸地观看露天电影。很温馨的场面。恍惚间我又回到了童年：搬个小板凳，去很远的一家工厂看每周一次的露天电影，都只是些土得掉渣的黑白片，却和小伙伴们看得开心无比。

而今，即使站在IMAX前，也再也体会不到那种简单的快乐了。

童年的背影渐行渐远，在记忆的天际交接处已成一团模糊的光影。那段美好年华已成为我人生旅途上的一块界碑，永远驻守在我柔软的心底。

三逛大巴扎

（2011年7月29–31日）

乌鲁木齐，维吾尔语里是指美丽的牧场。如今，它和牧场的概念已相去甚远，这里的车水马龙、高楼大厦与其他省会城市没多大差别，一副卓尔不群的大都会模样。如果不是大街上随处可见轮廓分明的维吾尔人、衣着一尘不染的回族人，真不会觉得自己是身在新疆。

听人介绍，唯一个性点的地方是二道桥的大巴扎。回家在即，要交代的人太多，况且头日的霍尔果斯已经聊发了我们的购物欲，所以第一站直奔那里。

大巴扎其实是几座浑然一体的欧式建筑群。外面装修得冠冕堂皇，里面却是个大集市。卖家多是维族女，丰满圆润的身段、含情脉脉的大眼、一袭乌纱，像王洛宾歌里的达坂城姑娘。

大巴扎里有几百处小摊小点，商品品类繁多，让人眼花缭乱。那水獭帽、水獭围巾、水獭手套，虽看不出真伪，但爱不释手。各国各色的铜制手工艺品，精致，欧派，送人很拿得出手。新疆的干果就不用说了，这是必须的。还见到了雪菊，据说是生长在海拔3200米以上的稀罕物，可以防“三高”。还有精油、围巾、护肤品……把一堆花花绿绿的小东西，一股脑儿地收进背包，据为己有。

我算是冷静的。在大巴扎购物的旅游者多很疯狂，要么像暴发户，见啥买啥；要么像批发商，买东西拿蛇皮口袋装。最开心的当然是那些数钞票的商贩，个个脸上都笑开了花。

两年前，曾经不想来新疆。可现在，我却在和这里的老板聊天砍价。累了就找家乐器店坐下，听卖琴的小姑娘弹奏热瓦普，旋律和曲调都十分的新疆。陶醉中，视线越过伊斯兰风格的穹顶，流云正在瓦蓝的天空中翻转漫卷，仿若它正随着这欢快的琴声翩跹起舞。

为促进民族大团结，在乌鲁木齐的两天，我三进三出大巴扎，花钱过瘾。钱花完了就去刷ATM机。人在旅途漂，哪能不挨刀！尤其看到维吾尔汉眉目传情的眼，就像中了魔法一样，不由自主地把钞票双手奉上。

特别有位维族小生，像极了《穿越时空爱上你》的男主角休·杰克曼，俊朗风雅，眼神散漫。当我对他远远地出神凝望时，他好像心有灵犀地拨开芸芸俗众，径直走到我面前，温情脉脉地说：“我能与你合影吗？”

当时我快休克了。缓过神后想，是因为缘分本身就很戏剧性，还是，我就是梅格·瑞安的灵魂附体，所以才穿越时空，来这里赴一场跨越万里的约会？

甘苦自知

（2011年8月1-5日）

从乌鲁木齐—哈密—嘉峪关—张掖—兰州—宝鸡—西安到宜昌，回程仍有遥遥千里。可我已无力进行那么长的记叙，就用几个连接号带过了吧。实在，这一趟走得太苦，写得太累了。

沿着丝绸之路浪迹北疆二十天后，我发现，走得越远越久就越想家。特别是那些与馕同行的日子、与野生动物共眠的晚上，我常常责怨自己：为什么不呆在家，跑这么大老远地来受罪呢？记得临到家的前一日，在西安酒店，当瞅见久违的香喷喷的米饭时，我足足愣怔了十秒后，眼泪刷地就淌了下来。

那一刹，幡然领悟：流浪的真正目的是为了回家。

在家，至少衣食无忧，安全舒适。不用每日仰望天色担心有龙卷风，更不会前一刻被冰雹砸得抱头鼠窜，后一刻却踩着烈焰穿越飞鸟不过的火焰山口。

好在，回家了，苦痛和危险已离我远去。

偎在大沙发上欣赏PP上的西域风光——千年敦煌、寂寞鬼城、斜阳下的嘉峪关、冷雨霏霏的驼铃古道，还有用天堂的色彩泼画而出的乌伦古湖、喀拉斯湖、赛里木湖，湖边绚烂的野花、如云的羊群、耸峙的雪山……美奂得，让我觉得这一路的困厄和苦累，全都是值得的。

而这一路上触动我的，不仅是风景，还有一些看似寻常的人：青海湖边那位医病不卖药的老医生，收留我们过夜、帅帅的黑山头中队长，素不相识却载我们去营地的五位摩托车手，并不富裕却大方好客的奎屯老乡……他们让我在这个信仰缺失、人心如铁的时代，看到了人性的光芒，让我久已冷漠的心被深深地打动和温暖。

回来的行囊里装满一路的风尘和艰辛，但收获更多的是大自然无穷魅力给予我的震撼和满足。此刻，当我回味那些镌刻于心的片段时，心中有丝丝沁人心脾的、如葡萄美酒般的甘甜。那些难得的际遇，那些与自然的对话，会长存心底，它将滋润我今后干枯的岁月，并给予我继续走下去的勇气和理由。

或许，这就是为什么我爱旅行。

它像丰富多彩的课堂，给我娓娓讲述着人性的本质和世界的真相。

——它教我心胸开阔。不浪费快乐，不吝啬爱。对于天开地阔下的蝇营狗苟和一地鸡毛，要懂得包容和放下。

——它教我为人谦卑。不愤世嫉俗，不与人为敌，善待人生旅途中每一段擦肩而过的缘分，敬畏自然界中的一切生灵。

——它教我忠于自己。不和虚伪的自己讲话，不因别人的看法改变想法，让自己成为自己真正喜欢的样子。

——它教我执着梦想。不患得患失，不画地为牢，把生命中的每一天活得独特而精彩，如同夏花，为粲然的开放耗尽所有，只因为一生一次，一次一生！

每次旅行归来，我都发现世界更宽阔了，思想更通透了。那些旅途中的所见所闻所学所感缓缓渗透进我的生命和血液，润物无声地影响着我的意识，滋润我的灵魂，并让我不断地对远方充满渴望，对未来充满期许，对自己的旅程充满传奇和浪漫的遥想。

所以，无论旅途多么辛苦，在路上的我总是幸福的。

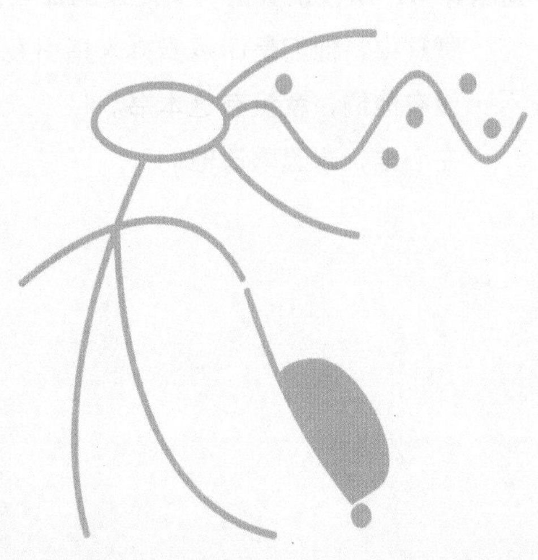

后记 Postscript

本不是读书人，却斗胆出了本书。

其实只不过是用笔墨勾勒成的一条七年的旅行轨迹。

人生就像一趟飞驰的单程列车，因缘停靠几个站台，际会一些缘分天注定的人。在上上下下的反复中，欣赏和典藏着一路的不期而遇。此刻，时光停靠“四十”的站台。回望来路，风景已经模糊，而旅途中曾经相互温暖过的同路人却清晰似昨，温婉如斯。

他们是馈赠我“馅饼”的领导，提醒我考导游证的老外，促使我写游记的朋友，帮助我推敲英文标题的小谭，劳力劳心设计排版的小龙，秉烛达旦审读书稿的韩主编，友情提供风光照的几位摄友（在路上、海棠、章鱼、冻结、甜甜、翅膀等），从我镜头前一笑而过的那些萍水路人……

冥冥中，他们是命运安排来指引我、点拨我、帮助我的人。

没有他们，就没有这本书。

在心里，永远感谢他们！

二〇一二年五月二十三日

图书在版编目（CIP）数据

将梦想装进行囊 / 禹莎著

北京：中国经济出版社，2013.1

ISBN 978-7-5136-1650-8

Ⅰ.①将… Ⅱ.①禹… Ⅲ.①随笔—作品集—中国—当代 Ⅳ.①I267.1

中国版本图书馆CIP数据核字（2012）第128845号

责任编辑　宋庆万
责任审读　贺　静
责任印刷　张江虹
封面设计　魔弹文化

出版发行　中国经济出版社
印 刷 者　北京市京津彩印有限公司
经 销 者　各地新华书店
开　　本　710mm × 1000mm　1/16
印　　张　14.5
字　　数　240千字
版　　次　2013年1月第1版
印　　次　2013年1月第1次
书　　号　ISBN 978-7-5136-1650-8/I · 74
定　　价　39.80元

中国经济出版社　网址www.economyph.com　社址　北京市西城区百万庄北街3号　邮编100037

本版图书如存在印装质量问题，请与本社发行中心联系调换（联系电话：010—68319116）